档案颂辉煌

苏州市档案馆 编

上海文化出版社

图书在版编目（CIP）数据

档案颂辉煌 / 苏州市档案馆编 . — 上海：上海文化出版社，2023.12
ISBN 978-7-5535-2877-9

Ⅰ . ①档… Ⅱ . ①苏… Ⅲ . ①随笔－作品集－中国－当代 Ⅳ . ① I267.1

中国国家版本馆 CIP 数据核字（2023）第 244334 号

出 版 人　姜逸青
责任编辑　吴志刚　　王茹筠
装帧设计　长　岛

书　　名：档案颂辉煌
编　　者：苏州市档案馆
出　　版：上海世纪出版集团　上海文化出版社
地　　址：上海市闵行区号景路 159 弄 A 座 3 楼　201101
发　　行：上海文艺出版社发行中心
　　　　　上海市闵行区号景路 159 弄 A 座 2 楼　201101　www.ewen.co
印　　刷：苏州市越洋印刷有限公司
开　　本：880×1230　1/32
印　　张：10.25
版　　次：2024 年 1 月第一版　　2024 年 1 月第一次印刷
书　　号：ISBN 978-7-5535-2877-9 / I · 1111
定　　价：58.00 元
告 读 者：如发现本书有质量问题请与印刷厂质量科联系 T：0512-68180638

前　言

　　在时光的长河里，档案是珍贵的历史卷轴，书写着生命中的千帆过尽，承载着社会的发展变迁，记录着人类的灿烂文明。

　　岁月如歌，档案留痕。从 2019 年起，苏州市档案馆围绕每年"6·9"国际档案日主题，举办征文活动，同时与主流媒体合作，在《苏州日报》开设专栏，择优刊登征文。本书精选 2019 年至 2022 年历次主题征文活动的优秀作品 70 多篇，约 18 万字，图文并茂，以档案为载体，既追溯往昔，寻找记忆中的峥嵘岁月，又结合当下，讲述身边的世事变迁。让社会大众通过本书，走进档案，触摸历史，重温记忆。

　　《档案颂辉煌》全书共分四个篇章，分别是"新中国的记忆""档案见证小康""档案话百年""档案颂辉煌"。

　　"新中国的记忆"一辑围绕庆祝中华人民共和国成立 70 周年这一主题，站在档案角度，讲述新中国的发展历程和辉煌成就，档案工作者的使命担当。从奶奶的旗袍到盛家厍的变迁，老镇经过改造成为了中国旗袍小镇；听一名从事近三十年档案工作的国企员工娓娓道来，档案工作看似枯燥而不乏味，看似平凡而不平庸。从一份家庭档案反映四代人七十年的生活变迁，看新中国七十年的光辉历程。

2020年是全面建成小康社会和"十三五"规划收官之年，又值"两个一百年"历史交汇期。"档案见证小康"一辑围绕改革开放以来，苏州经济社会发展形成的"张家港精神""昆山之路"和"园区经验"三大法宝。用档案宣扬苏州广大干部群众迎难而上，攻坚克难的精气神和率先全面建成小康社会的巨大成就。一组扶贫档案记录了张家港市杨舍镇善港村从远近闻名的贫困村成为百姓富裕、环境优美、乡风文明的明星村；"好孩子"集团的老照片，记录了企业近三十年内，从一个校办企业不断转型发展，敢为人先，敢于创新，逐步成长为一座崭新的婴童帝国。这也正是"昆山之路"的一个缩影，见证了昆山各行各业的发展变化；通过一组组新旧照片的对比，一座座高楼拔地而起，我们看到了苏州工业园区的诞生……

"档案话百年"一辑通过档案讲述中国共产党成立100周年以来，党领导人民进行革命、建设、改革的奋斗历程和取得的辉煌成就，特别是党的十八大以来党和国家事业取得的历史性成就、发生的历史性变革。太浦河工程纪录片再现那些热火朝天的建设场面，将洪水引向大海，守护着长三角生态绿色一体化发展示范区的安宁；窑上大队党支部学习"愚公移山"精神，开凿官山岭，修筑窑上路，彻底解决老百姓的出行难，圆了百年通路梦；太仓利泰纱厂的档案，记录了这家百年民族纺织企业在中国共产党的领导下披荆斩棘、艰辛奋斗的历程。这些平凡中创造非凡的先进典型和感人事迹，激励着党员干部群众为实现第二个百年奋斗目标和中华民族伟大复兴的中国梦不懈奋斗。

2022 年是党的二十大召开之年，是进入全面建设社会主义现代化国家、向第二个百年奋斗目标进军新征程的重要一年。"档案颂辉煌"一辑从档案视角生动展现党的重大成就和历史经验，用档案讲述身边可知可感的新变化、实实在在的新收获，展现了档案事业发展的良好环境和档案工作者干事创业的高昂精气神。家庭档案中，收录的数百幅摄于六七十年代的黑白照片，涵盖了张家港市的社会事业及工农业生产，定格了一座城市奋发图强的昨天和今天；从纸质阅读到数字化阅读，我国已经进入"全民阅读"时代。百年阅读变迁史，就是一曲时代变奏曲，更见证了中国共产党百年奋斗史；2022 年，是东山宾馆成立三十年，在过去的岁月里，东山宾馆栉风沐雨，砥砺前行，一代代勤奋的劳动者在这里挥洒汗水，付出心血，档案真实记录了他们不忘初心，牢记使命，为服务行业不懈奋斗的伟大传承。

《档案颂辉煌》只是从档案的角度一窥苏州经济、社会、人文等方面的发展历程，从而感受档案工作者的坚守和付出，档案工作的守正与创新。"只字片言，亦所珍惜"，希望书中的档案故事和背后的历史，能带给大家启示和思考。

2023 年 6 月 27 日

目 录
contents

二、档案见证小康

三、档案话百年

四、档案颂辉煌

一、新中国的记忆

追寻初心

孙骏毅

《雨花忠魂》纪实文学系列丛书，以一人一册的形式，追记100位牺牲在雨花台的英烈。我写的是苏州籍英烈白丁香。如果未来要在城区为英烈塑像，丁香是最有资格的。喝水不忘掘井人，看到新中国的灿烂朝霞，我怎么也不能忘记在昨夜的暴风骤雨中苦斗的人们。

我信心满满去省、市档案馆查白丁香的资料，本以为档案是现成的，哪知道所有关于白丁香的介绍资料就这样几行：

> 白丁香（1910—1932），江苏苏州人。弃婴，父母赐名丁贞；后为美籍宣教士白美丽收养，更名白丁香。1930年4月，在东吴大学加入共青团。次年1月，在东吴大学肄业，前往上海共青团青年部工作，同时转为中共党员；公开身份是上海圣约翰大学文学院代课教师。
>
> 1932年9月，丁香被组织派往北平重建被敌人破坏的

秘密联络站，由于叛徒出卖而不幸被捕。同年 12 月 3 日夜 10 时许，在雨花台壮烈牺牲，年仅 22 岁。

我去雨花台管理处、党史办所查结果大致相似。他们带我参观了位于雨花台东南面的丁香园，说这个植物园是以丁香名字命名的，建于 2013 年，园内由丁香树、汉白玉涌泉及顺势而建的木栈道组成，植有 22 株丁香树，象征着 22 岁的白丁香精彩的一生。

越剧《丁香》以艺术手法再现了丁香的壮怀激烈，轰动了半个南京城。然而，这个苏州女人在她的家乡却默默无闻。

不应该这样，我要把她写出来。档案不是死的，它可以去发掘。

回到苏州后，我在白丁香幼年租住过的丁香巷里走了好几个来回。

丁香巷，位于苏州城东的一条极为寻常的狭窄小巷。灰白相间的老房子挤压着数尺宽的小巷，一人多高的围墙上横七竖八地爬满"鬼馒头"藤叶，在阳光里闪着油绿的光斑。院墙里的丁香花探头探脑开了，粉的、紫的、白的，俏立枝头，飘来淡淡的清香，丝丝缕缕，弥漫在墙里墙外。据说丁香的根和叶子是苦的，然而花香却是清幽而悠远的。

丁香巷里的左邻右舍，即使高龄老人也不记得这里住过这么一个美丽女孩。

天无绝人之路。我数次去上海，寻找原圣约翰大学的校史资料，到宗教局去查找白美丽（丁香的养母，后为上海基督教会执事）的资料，意外地发现了一个姓张的老牧师珍藏的 20 世纪 50 年代的美国《基督教科学箴言报》，在 1955 年 12 月有白美丽的连载文章

《我的中国养女白丁香》，养母的叙述基本还原了白丁香的少年和青年时期的生活。在上海市档案馆则意外发现了白丁香曾任职的《时报》（章太炎主办）上署名"白言"（白丁香的笔名）撰写的新闻稿。

圣约翰大学的校史资料丰富了丁香在上海从事学生部工作的情况。省劳改局的民国监狱档案上，则有关于白丁香被捕和被秘密枪杀的记载。

丁香的丈夫乐于泓是进军西藏的功臣，他一直牵挂着牺牲的妻子，南征北战中一直没有再婚，直到十多年后才娶了女兵小时为妻，生下的第一个女儿就取名"乐丁香"。在父亲去世后，乐丁香把他的骨灰安葬在雨花台丁香园，还写了追忆文章《我的父亲乐于泓》，也为写丁香提供了第一手资料。

还原一个真实的人，尤其是像丁香这样的知名烈士，寻找资料的过程充满了艰辛，但也很有意义，因为可以毫不夸张地说，这些上下求索、前仆后继的人，他们活着并不是为了想要得到什么，恰恰是随时准备失去什么；他们活着是为了让绝大多数人更好地活，恰恰留给自己的是艰辛和苦难——这是坚定信念的初心。作为后人，弘扬他们的初心是义不容辞的责任。

在《我的中国养女》中，白美丽披露了狱中传递出来的丁香的遗书，特别让人感动：

亲爱的妈妈：

请允许我最后一次叫您"妈妈"！

我注定是这个罪恶世界的"罪人"，无药可救。

我注定是不能上天堂了，但我绝不忏悔。

我是一个共产党员，但我首先是一个中国人；我不愿放弃我的国籍而跟您去美国。

我一生光明磊落，没有做违背自己良心的事，更没有做对不起我的国家的事。

我即将远行，请让我再叫您一声"妈妈"！

我恳求您在上帝面前为我的孩子祈祷，愿她能早上天国。

我此生不能尽孝，这是我最大的遗憾，深感内疚。

如果有来生，让我好好报答您的养育之恩！

永远深爱您的女儿　丁香

在回忆录中，白美丽写道：

我们信仰不同，有过很多的争论。很多时候，我并不喜欢她的自以为是和固执己见。

我最痛恨的是有一次她竟把那本邪书（指《共产党宣言》——著者注）带进圣约翰大学，偷偷拿给学生们去看，以亵渎我们的神灵。

她常常不肯听我的话，非要坚持她以为是真理的东西，她为她的倔强付出了太多太多。

我想：她本来可以幸福得像小鸟一样，但是她顽固地拒绝幸福；她本来可以像我一样享受俄亥俄州的阳光，但是她宁愿走向黑暗的地狱。

但，毫无疑问的是，我的养女丁香在我的眼里始终是一个单纯而干净的人，一个信仰坚定的理想主义者，一个圣洁得像水晶一样透明的人。

她更像一束带着淡淡紫色的丁香花，即使是在凛厉的寒风中也依然芬芳。她的眼神最后流露出紫色的忧郁，但她始终不愿放弃——我至今也不明白她为什么要为自己所认定的信仰而献出一切，甚至生命。

我在感动中寻找资料，也在感动中写完了15万字的白丁香人物传记《犹有花枝俏——白丁香烈士传》。至此，我肩上的负担稍稍松懈了。清明节，我去丁香园拜祭先烈，可以告慰英魂的是《犹有花枝俏——白丁香烈士传》可能挂一漏万，但基本还原了英烈

《犹有花枝俏——白丁香烈士传》

壮丽的一生，这是作为丁香的同乡人最感欣慰的事，也是作为我的小小礼物献给建国70周年。

我们的时代并不缺少英雄，缺少的是对英雄精神的崇拜；我们的时代也并不缺少"崇拜"，缺少的是对理想主义的崇拜。

深刻是因为我们反思，惭愧是因为我们遗忘，铭记是因为我们传承。

铭记那些曾经在黑暗中苦苦寻找光明的人们，那些为自己的信仰而奋不顾身的堪称民族脊梁的人们，那些始终不忘初心、脚踏实地为中国人民的解放事业和幸福生活而贡献出一切的人们——我们的灵魂将如凤凰在火中涅槃。

中国审计：生于改革，献礼盛世

——审计案卷的"鉴证"实录

严黎佳

  百年中国在 80 年代迎来了继辛亥革命、开国大典后的第三件大事——改革开放。身为 80 后，我亲历了改革浪潮的波澜壮阔。在我出生的 1983 年，国务院成立了一个叫做"审计署"的政府新机构。安居于江南古城的我并不曾料想，在 21 世纪会以"审计人"这样一种身份，见证改革开放再深化再前行的时代浪潮。审计是我的事业，见证了我的成长。从垂髫稚子、桃李年华，到而立之年成长为审计骨干，在我悉数整理审计档案后才发现：我与审计早已结缘 30 多年。这些早已泛黄却依然生动的档案厚卷，恰恰是改革开放时代浪潮下中国审计事业发展的缩影。

  20 多年前，父亲的战友、一位军旅作家着手撰写回忆录，父亲搬出当年部队不涉密的工作笔记提供素材，我饶有兴致地翻阅这些普通但对于父亲来说意义非凡的资料，赫然发现了"审计"的身影。可以说少年时首次听说"审计"，源于一场真正的战争。20 世纪 80 年代中期中国人民解放军经历了数十年的对越自卫反击战，父亲所在的集团军在老山前线完成坚守防御任务后凯旋而归。按照 1985 年恢复的军队审计制度，战时军费、军备物资保障与调配均要接受审计。作为某部队单位指挥长的父亲，用笔记录下自己首次接受部队审计的种种感受与趣事。少年时对"军队审计"模糊的印象，恰被另一场"反腐之战"唤醒。十八大以后，刚成立的解放军审计署派出审计组进驻某军区政治部，我先生负责审计协调工作。因军事机密要求，先生并未向我透露审计细节，但审计人的职业敏感依然让我感慨，中央军委直接领导下的军队审计，相比父亲当年经历过的、归于后勤财务部门的审计，其独立性、监督职能和规格之高、震慑力度之强，足以成为"军内反腐"这场攻坚克难持久战中的利器。

因工作需要，不久前我调阅了 2000 年前后的"审计风暴"有关项目档案，一本 2001 年的审计档案、数份被审计单位的情况说明，记载了我"审计人"生涯的起始点。那一年，江苏省审计厅组织某个专项审计条线项目，部队转业后分管财务工作的父亲，被审计组严谨的工作态度和审计人员业务精通、作风务实、清正廉洁的专业素养所折服。在得知审计组挑大梁的年轻人毕业自南京审计学院后，父亲立马着手修改了我的高考志愿。几个月后，我踏入了全国审计专业最强，也是直属于最高审计机构——审计署的高校：南京审计大学。四年的求学岁月，见证了"审计风暴"所引发的社会震动，也对即将投身的事业产生了无比的自豪感。彼时恰同学年少，在校园中倾听时任审计长李金华为中国审计 20 周年庆祝所做的现场演讲，让我明白"审计风暴"并非平地起雷。那卷档案中审计问题的发现过程、父亲亲自撰写的说明，以及双方

作者在南京审计大学军训时候的合影

屡次沟通和最终问题定性的记录材料，足以立体地勾画出审计组让一个个被审计单位心悦诚服的最常规路径图，正是一群又一群审计人不畏艰险、继往开来，历经二十余年从无到有，用丰硕的审计成果攻下更多难题，用生动的审计故事征服了更多人，使他们感慨万千，才推动着审计事业蓬勃发展。

从南京审计大学毕业后，我选择留学深造。还记得有个研究课题是关于美国政府审计的变革：尽管仍缩写为 GAO，但 "A" 由"Auditing"变为"Accountability"，即"美国总审计署"在成立83 年后更名为"美国政府责任署"，财务审计将不再是 GAO 的主要工作。我开始思考，我国的政府审计在成立二十多年后又是如何光景？而参加工作后的第一项任务便给我上了生动一课。毕业回国后我来到苏州市审计局工作，报到伊始被安排辅助主审整理审计项目档案。那本档案是市地税局的税收收入执行情况审计，整理工作让我对新时期政府的领先意识和超前手段有了震撼的直观感受：作为 GDP 常年盘踞除了广州外所有省会之上的地级市，对于地税审计的直接影响是每年超过两千多万条的申报及缴税电子数据，让数据审计从"有用"变成"必须"。之后 8 年时间我一直担任本市税收收入执行情况审计的主审，完整经历了江苏地税从金税二期"2.0 大集中""3.0 大征管"，进化为营改增、国地税合并下的"金税三期"，审计方式也从海量税收数据分析，到各类涉税及非涉税大数据挖掘。如果当年的"审计风暴"依靠"个别点名"

作者在审计系统成立 30 周年时，于南京审计学院留影

便能引发社会热议,那么十年后审计署一经宣布将对全国五级政府开展债务审计,更是引发了股市震荡。政府债务审计后,有土地出让金审计,有政策跟踪执行审计,有自然资源环境审计,有扶贫审计,每一项审计内涵更广阔,揭露更深刻,审计环境更复杂,但审计变得更低调。改革开放涉及到哪里,审计便跟进到哪里。复杂多变的经济形势需要审计"桃李无言",审计人便用不断进取"下自成蹊"。

1982 年邓小平同志发表了名为《精简机构是一场革命》的重要讲话,在以精兵简政为主题的改革转型下,审计署应运而生。每次机构改革,审计职能都在加强,审计地位都得以提升。曾经,审计是个不广为人知的小众领域。后来,审计用"风暴"来"平地惊雷"。如今,中央审计委员会组建而成,各级党委也相继成立了审计委员会,苏州市委审计委员会第一次会议也在近期召开。当年引领我入门的那位审计人,从青葱少年成长为基层审计部门领导。当年教会我信息化审计的那位审计人,知天命之年依然和我一起奋斗在大数据审计这个最前沿领域。一岁的中共审计委员会,三十六岁的政府审计,不忘初心的审计人,以党的十九大精神为引领,永远在护卫改革开放的道路上迎接审计事业的春天,也将砥砺前行,用朴素无华的审计语言在审计案卷中记载审计大案要案的惊心动魄和辉煌功绩。

四代人的七十年

——我的家庭档案

陈 益

父亲一生清俭，留给我的遗物中有十几种乡镇志。其中的《锦溪镇志》，由父亲担任主纂。1987 年，政府启动编写镇志工作。因为父亲对本地情况了解较多，被任命为编纂办主任兼主编。他觉得很荣耀，也很有紧迫感。完全是巧合，当时镇志编纂工作由我弟弟（时任党委宣传委员）分管，而清代《陈墓志》（锦溪原名陈墓）也是由陈氏父子编纂。这父子修志的巧合，一时被传为佳话。

翻开《锦溪镇志》，我发现扉页间夹着几张泛黄的聘请书。最早的一份，是 1950 年 9 月吴县人民政府聘请父亲为各界人民代表会议第一届第三次会议代表的证书，聘书上署有县长傅宗华的名字，县政府的方形印章依然鲜红，还有一份是次年 11 月父亲任第一届第五次会议代表聘书。另外，还夹着一张《陈墓镇私人诊所简况表》复制件，估计是编纂镇志时收集的，父亲舍不得丢掉，留在手边。他有个习惯，比较重要的资料都会珍藏起来。

父亲从小跟着当小学教师的祖父和伯父读书，16 岁开始在布

陈益与父亲合影

店当学徒，虽然文化程度不高，但写得一手好字，写文章也是自学的，坚持了一生。迁至城里定居后，父亲决定编纂一部陈氏家谱。各方收集资料后，初稿就写了一年多，他觉得不太满意，又作了一些修订，后来因住院手术被迫中断。病愈后，再次修改补充，并让我润色，才打印成册，分赠给在江苏、上海、四川的亲属们。无疑，他的家庭档案意识，给了我潜移默化的影响。

我的书桌里，始终保存着几份政协委员证。最早的一张颁发于1984年5月2日，当时我在文化馆工作，很光荣地成为了昆山县政协第七届委员。此后连续当了七届，一直到2012年。政协委员最初是三年一届，后来改为五年一届。昆山县也变成了昆山市。这些政协委员证成为我伴随昆山这座城市不断成长的象征。

我还保存着中国作家协会会员证、装了满满两个橱柜的获奖证书、厚厚的十几本手稿和一堆U盘。我的业余写作之路起始于散文和小说，继而转向文史研究。昆山传统文化底蕴十分深厚，顾炎武、归有光、朱柏庐，昆曲，美食，水乡古镇，玉峰三宝，给我提供了写不尽的题材。事实上，经济建设和社会发展也很需

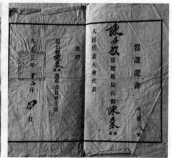

陈益与父亲的证书

要文化的支撑。我出生于 1949 年 9 月，是新中国的同龄人，却每天快乐地敲打键盘，不知老之已至。

回首一生，我们这些老三届，是很特殊的一代，高中未毕业就下乡插队当农民。为了弥补学业缺失，与书为伴成了我无法解开的情结。我还算是幸运的，后来的工作始终没有离开书，读书、写书、藏书、评书、编书……在写作和阅读后酣然入梦，成为一种常态。砚田耕耘，很多人不屑，在商品经济大潮汹涌时尤其如此。而我却乐在其中，从来不敢虚掷光阴。甘坐冷板凳，种豆得豆也喜，种瓜得瓜也悦。与共和国同龄，意味着要不断地跟上时代步伐。尤其是这 40 年，改革成为最热门的词汇，谁都该有脱胎换骨的勇气，我努力追赶着。

书架上摆放着这些年出版的六十几种书籍，发表、收录我作品的书刊报纸，还有多年来与姚雪垠、余秋雨、陆文夫、陈丹燕、隐地、中由美子等作家、翻译家交往的信件、照片、文章，占据了整整一面墙。我想，这点点滴滴的资料，对于我只是家庭档案，却反映新中国文坛的发展，折射社会生活的不断变迁。比如我的散文《十八双鞋》，记录了普通人的母爱与亲情。自 1981 年 6 月发表以来，多次获奖，并入选三十几种中外文学选本。最近，日本《世界の子供たち》杂志又将编入作品选集。我深刻体会到，时代的演进会改变贫苦，而真善美是永恒的、超越国界的。

我平生最大的愿望是读书，"文革"中无奈失去机会，作为心理补偿，便尽一切努力让女儿接受最好的教育。她毕业于苏州中学，考取上海外国语大学，又去往德国慕尼黑大学留学。我始终妥善保存着她小学、初中、高中、大学的全部成绩报告单及获奖证书。凭着这些资料，加以公证，不必考试她就顺利地被慕尼黑大学录取了。在国外她勤工俭学，在西门子公司打工、做翻译、卖书、教汉语，先后翻译出版了7种儿童小说，在《萌芽》等杂志发表散文。我们的来往信件，MSN上的聊天记录，都作为家庭档案仔细保存着。从中可以清晰地看到，她是怎样经受磨砺，一步步走向成熟。

转眼间，外孙辰辰12岁了，读初中预备班。他所在的学校大胆尝试了语文课教学，倡导文言文写作。辰辰以文言文翻译了普希金的童话《渔夫与金鱼的故事》，老师评价还不错，选入了学校编印的《尝试集》。100年前胡适尝试用白话写文章，让书面语和口头语保持一致，100年后我们尝试用文言写文章，让现代人和古代人心灵相通。这样的尝试，将促使孩子们热爱中华优秀传统文化。辰辰的这个资料，无疑也被收入家庭档案。

如果说，父亲一辈迎来了人民当家作主的新中国，我们一代赶上了改革开放，女儿这一代就是改革红利的受益者，外孙一辈就更不用说了。他们自小生活无忧，环境安宁，读书、工作、结婚、生子，几乎都按照自己的意愿进行。他们的幸福生活含金量，无疑远远超过了前辈。

我常常想，什么时候真正空闲了，就把所有的家庭档案作一番整理，然后以四代人的70年为主线，写一部回忆录。从一个家庭细胞看新中国70年的巨变，显然是很有意义的。

一纸缴款书，坚守一份档案初心

吴 琼

2013 年，是我税务生涯的第一年，领导分派了首个重要任务——档案工作。当时分局参加四星级档案管理评选，时间紧，任务重。堆积如山的资料需要分门别类的规整，对于一个刚从学校毕业，满心满眼想干业务的年轻人来说，是极其枯燥的。王姐，是我踏上工作岗位的启蒙师傅，记得当时做档案，她常边做边鼓励我说：档案的可贵在于资料的积累，而做档案工作的可贵在于考验我们的心性。入门师傅的这句话，伴随着我走过了多个工作岗位，引领着我的工作思路，套用现在流行的说法：做档案犹如做人，得记着自己的初心。

不忘初心，我想就是要牢记档案服务大局和服务社会的重要责任。随着时代进步，人们在方便、快捷的查询中转变观念，又在档案利用和成果转化中增强了档案意识，档案工作由封闭走向开放、由资政扩展到惠及民生。这一变化使得档案工作不再只是"末端"，更是服务大局、服务社会的"开端"。档案工作亦为税

税务档案库房

收工作增添了"助推器"，它是纳税人"纳税档案"的集合体，也是评价税务机关综合办税水平的"窗口"，为服务地方经济提供了决策依据。

听师傅说，20世纪80年代，当时她和现在的我一样，怀揣着为国聚财的一腔热情，一辆自行车，一支笔，一张衬板托着一本纸质税票，穿行在大街小巷，收税都靠手写。那些年国家百废待兴，格子状的田埂就是所谓的路，下雨天走一步滑一步是常事。90年代开始，工业现代化不断发展，自行车逐步被摩托车取代，泥路也拓宽，换上了柏油新装。这些零散在专管员手里的纸质税票，经过一双双手的细致填写，一把把算盘的精打细算，一次次的精确会审、规范整理，最后带着特有的年代感，归入了税收征管档案。归档，并不代表终结，这些税票承载的税款，一分一厘，逐级汇总成各级财政收入，支撑起整个国家的运行和发展。

不忘初心，我想就是要牢记档案工作的历史使命和特有的政治性。中华人民共和国成立后，在党和国家的重视下，档案事业焕发新的生机。那一页页档案里记录下中华民族五千年的兴衰历程，更记载着党和国家为经济社会发展、为民生服务做出的重大决策，档案工作成为维护党和国家历史真实面貌的重要事业，是党和国家各项建设事业必不可少的环节。而税务档案作为其中重要的一部分，承载着反映经济体制改革进程的重大责任，也承载着老一辈税务干部为税收事业艰苦奋斗、砥砺前行的精神。只有不忘初心，才能鞭策我们时刻谨记属于我们的时代责任与担当。

1994 年，中国税制改革，国地税分设，师傅的工作轨迹随之出现了巨大转变，分税制的引入是中华人民共和国成立以来，工商税制规模最大、范围最广、内容最深刻的一次改革。此时，随着电脑和网络逐步普及，税收计算机管理也翻开了税务征管的新篇章。1995 年，第一张电子税票的出现，手工完税证成为了历史，那些年奋笔书写的税票告别时代，存入了单位档案室。而第一张电子税票的归档，真实地再现了在那段特殊时期，面对海量的原始数据，师傅和同事们一起梳理、录入、核对，坐在电脑桌前加班加点是常态。

20 世纪 20 年代伊始，中国加入了 WTO，经济走向了高速发展期，2004 年"7918"高速公路网的发布，更是标志着中国进入了公车网络时代。此后高楼林立，马路纵横，摩托车渐渐淡出街头，各类品牌的小轿车穿行于纵横的马路中。时年，师傅早已不需要骑着自行车，挨家挨户上门收取申报表、催缴税款了，各个税务分局设置了便利的办税大厅，窗口上不停敲击着的键盘，完成了无数次的申报，开具了无数张电子税票。此后，随着国税 CTAIS 征管系统、地税大集中等管理系统的先后推出，税收管理员制度有了强大的信息支撑，这些电子数据的交换、存储和归档，预示着税收征管迈向了信息化网络管理时代。

不忘初心，我想就是要牢记档案工作与时俱进和改革创新的时代精神。今天，随着时代发展、科技日新月异，党和国家大局需要与时俱进、改革创新，档案工作亦是如此。当前，档案工作的环境、对象、载体和管理方式等都发生了一系列根本性的变化，需要我们去破解的难题有很多。目前，税务档案已经形成了"计算机集中处理＋电子档案存储＋数据有效管理"的高效管理模式，这对"互联网＋"背景下的税收档案建设工作提出了更高要求，适应新要求，必须要有新思想、新理论、新方法，对此，不忘初心，提高认识，以发展的眼光、积极的态度、改革的精神，深入研究，方能完成税务档案的使命。

如今，大数据时代到来，简单的"电脑开票"已经发展为"网上办税""自助办税"了，税务信息系统已经更迭为强大的金税三期工程。而就在去年，历时24年，国地税再次合并，以降低税收征纳成本、提高征管效率为目标的新一轮征管改革开启，进一步推动了新时代税收征管流程再造。此时，师傅已从热血青年变成了身经百战的税务骨干。作为一名已不再年轻的税务人，师傅依然不断的努力学习，与时俱进，如何网上申报，如何操作风险应对流程，样样驾轻就熟，一叠叠上交归档的案卷资料中，厚厚的印满了她坚守初心的奋斗印迹。

国地税合并后，分局档案室又一次进行了重新规整。在整理过程之中，赫然发现了一张手工版税收缴款书，很有年代感。看着上面熟悉的字迹，师傅自豪地说，这是她以前开具的。斑驳的蓝色，倾诉着税制沿革中的一个个感人故事。这些层层密集架上的档案资料，从手工税票、电子税票到影像资料归集，上面落款盖的红印不断变化着。从1994年分税制改革后的常熟地税第十一分局、第十二分局，国税第七分局，再到两者合并后的辛庄税务分局，这些征管档案上的公章，见证了税务局一次又一次的红色变迁。而税务干部在每次税收改革中的责任和担当，使征纳关系变得日益和谐。

躺在资料室的一张张缴款书，安静的书写着这些年税收管理模式的改革，日益增加的税收收入，加快了新中国强大繁荣的步伐。一份简单的档案，看似普通而绝不平凡，它是一个人的记忆，也是一个部门的记忆，更是一个时代的记忆。

与以往我对档案工作的不以为然相比，如今我对这份工作，充满了敬畏感。所谓知来时，方知去处。档案记录着曾经，时常回顾历史，吸取经验，取长补短，方能更好的创造自我价值。作为一名税务兼职档案员，既然明白了档案的价值，那么在新形势下，如何不忘初心、推动税务档案工作矢志前行，又是摆在眼前的重大课题。

犹记得归档手册上的一句话：历史留痕于档案之上，岁月凝固于档案之中。不忘初心，坚守奉献，方能成就属于我们的"蓝色新税务"档案。

档案在我身边

徐耀良

    我是一位平民作者，热衷于党史研究，倾心于乡土文学，创作出版了《沙家浜昨夜风云》《沙家浜人民革命斗争故事》《沙家浜民间传说与旧闻轶事》，以及长篇革命斗争小说《沙家浜演义》等书籍，受到了社会各界人士的好评。有位记者问我：你的创作热情是从哪里来的？我不假思索地回答：来自档案。

    这是实话实说，我虽然出生于革命战争年代，但成长于和平建设时期。当和平建设时期的人们在行进中需要一种精神力量

徐耀良制作家庭档案

的时候，土生土长的我，自觉地加入了探寻当年英雄足迹的行列。这是一项十分艰巨的工作，但通过努力还是能够实现的。努力实现的途径有两条：一是在民间采集，形成档案；二是从档案中寻觅，返回现实。在探寻中，我被战争年代先辈们的英雄事迹所感动，更加毫无保留地投入到这项具有启迪价值的思想文化建设工作之中。

1986年10月，我接受了编纂《沙家浜镇志》的任务。这一任务，一下子拉近了我与档案的距离。因工作需要，我经常走访省、市档案馆查阅资料。我在省档案馆看到一份关于常熟地区早期共产党组织的资料，如获至宝，马上复印下来。这份资料成稿时间在1928年7月1日，原件保存在中央档案馆。其实，当时常熟对于土地革命时期共产党活动情况的档案不多，十分可惜。而这份资料无疑是常熟地区早期党组织活动的又一个有力佐证。后来经过多方调查，才厘清了这份资料的来龙去脉。原来在1928年7月，中共常熟县县委委员石楚材步行至上海，找到了江苏省委，时任省军委主席李硕勋接见了他。他向李硕勋汇报了常熟地区共产党组织活动情况，这是李硕勋的亲笔记录。据资料反映，1928年4月至8月期间，常熟地区共有10个共产党支部、120名党员。后来李硕勋和石楚材都不幸牺牲，但他们留下的这些档案为探寻英雄足迹提供了真凭实据，丰富了常熟人民革命斗争史和沙家浜革命历史纪念馆馆藏。

1990年年初，我与常熟市党史办的同志一起筹建沙家浜革命历史纪念馆展览，其中有一块版面反映的是新四军与忠义救国军在八字桥附近进行激战的情况。但是由于八字桥原址早已拆除，无法向没有来过的参观者展示这座桥的原貌，布展的同志感到美中不足。我开始在民间走访，终于在八字桥附近的北桥村村民郭小英家中发现了一张旧照片，拍摄的是1967年摇船捞绿萍的景象，照片把八字桥全貌展示得十分清楚。征得她本人同意后，我把这张照片征集了下来，如今在沙家浜革命历史纪念馆展览里展出。

2006年9月，沙家浜革命历史纪念馆展览进行改版。为了进一步核实抗日战争时期抗日自卫会的成立时间，我们再一次走进了常熟市档案馆，终于找到了一份"曹黄村自卫会名单"，名单用毛笔书写在毛边纸上，共5页，成稿时间是1939年10月7日。为了求证这份名单的真实性，我们通过档案馆工作人员，了解到这份名单的捐赠者是现沙家浜镇红石村村民王德保先生，于是我们直接找到了他。热情的王德保先生回忆是在1976年12月2日翻建老屋时，在墙洞里发现的这份名单，同时发现的还有一叠中华民国交通银行发行的5元币。这份名单把抗日自卫会的成立时间比原先所知的提前了3个月。沿着这条线索，又引出了一段鲜为人知的日军暴行。1941年7月，日军在沙家浜地区大举"清乡"，王德保的祖父、抗日自卫会负责人之一的王履仁不幸被捕，在被捕前，他把自卫会组织名单和部分活动经费藏在墙洞里，连家里人也不知道。王履仁被捕后，遭到日军的严刑拷打，村民想尽办法探望他，他说："我绝不会累及其他同志。"同月26日上午，日军小队长竹立把王履仁等人押上汽艇，在昆承湖里残酷杀害，一起被害的有江抗战士殷支仁、新四军税务干部毛延昌、横泾镇镇长毛凤石、新四军联络员姚阿六等。在墙壁里发现的抗日自卫会名单和钱币印证了此事的真实性。我们特地在展览里增加了"昆承湖五壮士"版面，引起了参观者的关注。

档案提供的线索引起了我们的探寻，在探寻英雄足迹、还其本来面目的过程中，又形成了新的档案，档案的魔力让我更加喜爱和关注档案事业。

写作离不开档案，档案帮助我写作。因为我体会到档案的作用，所以萌发建立家庭档案的决心。2010年，我在镇政府档案员唐菊英同志的帮助下，开始建立家庭档案。通过初步整理，发现我平时积累的资料很多，内容也很丰富，的确需要立档保存。于是，我首先设计了12个类目，分别是：作品类、文摘类、采访笔录类、荣誉类、照片类、书画类、社交类、杂志类、收藏类、音像类、财务类、健康类等，然后分门别类归档。至2012年年末，共建立家庭档案80盒、1316件，这些档案与我的5000多册家庭藏书陈列一起，随时可以查阅，成为我的宝贝。我的家庭档案中，有民国时期的藏品、几十年来的工作笔记、我早期的作品手稿、20世纪70年代的采访笔录，还有历年获奖证书、历史老照片和个人健康档案和家庭收支账等。

有了家庭档案，我写文章时更得心应手了。在写作《沙家浜演义》这部长篇小说时，我查阅了大量的家庭档案，使书中大事件和细节的描写，都能做到恰如其分。正如老干部黄鈇在阅读后的评语中说："虽说是演义，但看上去都是一场场实实在在的战斗，写得有声有色，如果作者不熟悉常熟的革命斗争历史，没有一定的功底，就不可能将常熟革命史中的一件件重大事件串联得如此精彩，并且把每次事件的历史背景交代得头头是道，娓娓动听。"这位老干部并不知道，是丰富的家庭档案帮了我的忙。

有了家庭档案，拓展了我的写作范围。沙家浜 5A 级风景区的申报材料、沙家浜革命历史纪念馆的导游词、沙家浜非物质文化遗产如水乡婚俗、薛鹏飞麝香埋藏疗法等申报材料都有我的一份心血。

有了家庭档案，让我成了"活字典"，他们往往在为了某件事情求助无门的时候，前来查阅我的家庭档案。镇政府领导每当不清楚历史上的重大事件时，就向我咨询。有一次深夜，常熟市一位副市长专程打来电话，向我咨询抗战时期"江抗"正式改编新四军的日期，我查阅家庭档案后回复了他。镇领导夸我是"沙家浜的活字典"。当有人动员我把家庭档案捐赠给市档案馆时，我说："这些档案最终会捐赠给市档案馆的，但不是现在，因为现在我还需要它。"

耐得住寂寞，守得住平凡

——身为一名档案员多荣耀

孙如璎

弹指一挥间，新中国迎来了 70 周年华诞。70 年的风雨征程，祖国越来越繁荣强大，全国各族人民从贫穷走向富裕，从胜利走向辉煌，中国共产党的领导如同阳光照亮了我们的前程，指明了我们前进的方向。

国有企业是国家壮大综合实力、保障人民共同利益的重要力量，很荣幸，我是一名国有企业的档案工作者。在从事档案管理工作将近 30 年时间里，我坚守"为党管档，为国守史，为民服务"的初心，在档案工作中，见证了国有企业通过深化改革、创新发展，不断地做大做强，为我国现代化建设取得辉煌成就做出了很大贡献。

记忆中，我第一次接触档案、对档案留下深刻印象是在 20 世纪 80 年代末，当时公司接到任务，要将自成立之初所形成的各门类档案向上级档案主管部门移交。时间紧，任务重，要求高，公司的 4 个档案员加班加点了数月，还是难以按时完成进馆任务。

办公室主任果断提出周末加班！于是，全体办公室人员在档案员的指导下流水作业，有的复印，有的托裱，有的敲页码，有的卷皮写题名，有的背脊上盖章……我当时是一名打字员，也参与其中。整理中，我发现有些纸张已经泛黄，文稿上都是手写的字迹……我这个和平年代出身的青年目睹这些古老陌生的档案，不禁对档案工作产生了好奇和喜爱。档案，可以把历史的记载保留下来，经过档案员的努力，它就能保留得更长远、更完整，实在是太了不起了。之后，我一有时间，就陆陆续续承担起案卷目录的输入任务，就这样开始慢慢接触到了档案工作。

随着公司机构变动，人员也发生变化，领导要求我接下文书和档案工作。为了帮助我快速进入角色，公司特聘请了一位有着

孙如璐工作照

35年档案工作经验的老同志来进行指导。老同志思路清晰、手法娴熟，做出来的案卷赏心悦目，给人一种美的享受。老同志手把手地教我，从如何清楚地分类，如何划分一级目录、二级目录、三级目录，怎样确定归档和不归档文件，到如何准确确定保管期限，卷皮装订有什么要求，一个细节一个细节地传授。

此时档案室藏满十年的档案，又一次需要移交进馆。我感觉有过上一次接触，又有老同志压阵，心里有底了。根据档案馆的进馆要求，按照业务人员的上门指导，我从进馆前鉴定、案卷拆分、目录输入、重新装订，一个环节一个环节反复推敲，努力做到分类合理、保管期限准确无误。当时我为了赶时间，在重新装订案卷时，卷皮的直角没有折好，影响了装订的效果，老同志狠狠地批评了我，教育我说"不能为了赶时间，就放弃原则，不保证质量……""做档案的，来不得半点马虎"，这些话直到现在，我还一直记着。

时代变化真是大，公司又迎来了一次体制改革。按档案管理规定要求，公司重组前各单位档案需要向苏州市档案馆移交，我又一次接下了任务。鉴于我已经熟悉档案整理的要求，这次我们两个人分工，老同志负责前期鉴定、分类整理，我负责目录输入，最后一起装订、贴标签。历时半年，加班加点不计其数，圆满完成了此次进馆任务。通过几次进馆，我越来越爱上了档案工作。

随着国家社会的进步，档案工作也有着巨大变化，对档案员的业务水平要求也越来越高。档案收集紧跟社会发展步伐，与个人信息需求息息相关的民生档案，一定要收集齐全。档案整理模式也改变了，由以卷为单位组卷发展到以件为单位归档，保管期限从永久、长期、短期变为永久和定期。数字化要求更高，由案卷目录到卷内目录再到全文数字化，档案信息化发展跨上了一个新台阶。档案利用的重点从经济参考，转移到涉及市民切身利益的民生热点，再延续到历史遗留问题。档案工作别人可能觉得很枯燥，但我却甘之如饴，我愿意肩负起这份光荣的使命，做好公司档案的守护人。

在近 30 年的档案工作实践中，我深刻体会到，档案作为承载人类历史和记忆的特殊载体，它离我们那么远，又离我们这么近。从结绳记事、口口相传的远古开始，人们就梦想通过某种方式把历史真实完整地记录下来，一代又一代人用各种办法去尝试，直到出现了记录历史、还原历史、承载历史的档案。档案虽没有说书的声情并茂、没有日记的情感宣泄、没有史书的生动演绎，但它客观而翔实，展露了真实存在的记忆。因其真实性、客观性，档案在社会发展中起到了重要的作用。

某单位一位负责同志，因为评职称，需提供个人在厂级领导岗位上的任职经历，但个人档案中缺少这部分原始记载。该同志多次找到我，要求在公司档案里查阅 1991—1998 年任厂级领导的批文。因该年份的文书档案已全部进馆，我特地到市档案馆查档，从集团发文汇集中查找到了他担任厂级领导的红头文件，为其评定职称提供了文件依据。

在办理关闭企业注销工作中，有三个基层单位工商注销遇到困难。这三个单位已关闭多年，原企业无留守人员，厂房土地也被土地储备中心收购，一点现成资料都没有。办理注销人员不熟悉企业情况，束手无策。我千方百计寻找线索，从多个渠道查找，最终在档案库房里查到了这三个单位的厂志。通过厂志，销号人员熟悉了企业的演变过程，方便了销号工作的办理。

近 30 年的档案工作经历，使我深深地体会到档案的重要性，我深感责任重大，因为档案员工作做得越细，档案收集得越齐全，档案查成率就越高。我越发热爱我的本职工作，档案工作看似枯燥而不乏味，看似平凡而不平庸，我为身为一名档案员而感到荣耀。多年来，我多次受到表彰，获得过省市的档案工作先进个人，这是对我工作的肯定。我深知成绩属于过去，荣誉只是起点，我将一如继往地认认真真做好档案工作，继续在平凡的岗位上坚守初心，不懈奋斗！

新中国的记忆——桥

周　曦

江南水乡历来就以河湖纵横交织、人家尽枕河著称，桥也就成为构建路路通、村村联的重要纽带。

40 年前，公路交通尚未起步，运输仍以水路为主。家乡的老街河上，横跨着一座古老的石拱桥。清晨，桥上人头攒动，担菜的、挎杂货篮子的、卖脚力的……吆喝声不绝于耳；桥下水波荡漾，运菜的、枭粮的、卖瓜的……桥洞里穿梭交汇。天色未亮，6 岁的我就跟着爷爷挑着竹篓，拎着菜篮，生生地挤进人群，巴巴地指望着买菜的客人早点光顾。天亮了，爷爷拉着我的手走进桥侧馄饨店，坐在破旧的桌子前，爷爷零拷了一斤黄酒，点一盘花生，眯着眼睛，捻着山羊须过着酒瘾。而我呢，一碗小馄饨也就解了馋，忘记了徒步 15 里的辛苦。桥成了我童年里最美好的记忆。

时光荏苒，90 年代，我已经迈上了工作岗位，这时改革开放正在如火如荼的进行中。老街面临着前所未有的改造建设，石拱桥成了交通发展的瓶颈，镇里紧锣密鼓地筹备着建设更利于经济

石拱桥

发展的桥。于是，依傍着石拱桥，崭新的钢筋混凝土桥梁上各式车辆疾驰而过，远处一座新城正拔地而起。爷爷依旧保持着喝早酒的习惯，早上四点，拄着拐杖颤颤巍巍地准时来到拱桥侧的茶馆，半斤黄酒，一份爆鱼面，依然眯着眼睛过酒瘾，捻着山羊须看着新桥上的车水马龙。而长大的我，从事着工程施工资料的收集整理归档，成为新桥建设的参与者。

工作伊始，我对单位的师傅说："这项工作简单枯燥乏味，无趣极了。"师傅无语，转身打开隔壁的一间文档室，一个个铁皮柜井然有序地叠放着，上面贴着一张张标签，里面的档案详细地记录着老镇上的建筑物。而正好在我面前的柜子标签上写着"永安桥"，这不是那座老桥吗？师傅见我感兴趣便说道："小时候去多了熟悉吧？可你知道这桥的前生今世吗？想看你就安心地看，看完你就理解档案工作喽!"说完之后便转身离开了。我好奇地打开档案柜,柜子里正中间有一目录册,随手翻开,一座老石拱桥的编序竟然有三十多条:方位,基本尺寸,地方志记载,老照片,维修记录,历史事件……清清楚楚地记录着石拱桥的历史由来,就像人的门诊记录一样,前因后果翔实,就像我童年的记忆一样,这些档案也就是老桥的记忆吧。

时间转眼到了现在,从事档案工作已经25个年头,我牢牢记住师傅的档案管理七字言"眼明、心细、不怕烦"。铁皮柜已经被电动密集档案架所取代;档案室已经防火、控湿、恒温;目录册已经用电脑编程,只要扫描二维码即可知晓工程资料的存档位置,有的甚至能通过扫描直接从电脑里调阅出来。新时代对我们档案工作者提出更高规格更高层次的要求,尤其是对工程建筑物的归档要求保留其可追溯性,为将来更高更快的发展提供依据。

岁月如梭,转眼我也成为被90后称呼的那个师傅了,如今我已不再单一管理工程档案那一块,而是负责单位的全部档案,包括文书档案、会计档案、工程档案、实物档案,等等。后面还有活力四射、高学历的90后参与进来,都对着我喊"师傅",犹如刚参加工作的我称呼老职工那样。他们给档案工作注入了新鲜的血液,将使档案工作更加科学化、现代化、精准化。

石拱桥依然静静接受着岁月的洗礼;新型桥梁依然在技术变革中涅槃而出。档案工作如石拱桥般安静,又如新型桥梁般推陈出新,恰如爷爷、师傅和我 。"青山着意化为桥",让档案工作成为历史与将来的桥。

人生如诗，花样暮年

——采访周慧华副院长纪实

许立莺　李睿智

　　2019 年 5 月 5 日，苏州市职业大学口述档案工作组，前往原苏州经济管理干部学院副院长周慧华家中采访。周院长热情地接待了我们，已是 86 高龄的她鹤发童颜，精神矍铄，给我们激情讲述了她的青春故事。

主要工作经历

　　1951 年 2 月—1956 年 7 月，苏州市政府办公室办事员、科员、助理秘书、秘书；

　　1956 年 7 月—1981 年 11 月，苏州市委马列主义讲师团理论教员、市委宣传部理论教育科教员、市革会政工组理论干部、市委宣传部理论教育

周慧华

科科长；

1981 年 11 月—1983 年 3 月，担任苏州市委党校副校长；

1983 年 3 月—1984 年 8 月，担任苏州市干部学校副校长；

1984 年 8 月—1988 年 4 月，担任苏州经济管理干部学院副院长。

（1983 年 3 月苏州市干部学校成立，1984 年 3 月，在苏州市干部学校的基础上，建立苏州市经济管理干部学院，1992 年 8 月，经干院并入苏州市职业大学。）

干部教育事业的开启

在周慧华院长家中，我们看到一张珍贵的老照片，1932 年出生的她，拍摄这张照片时，年仅 24 岁，正是花一般的年纪，在同龄的女孩享受青春带给她们的礼物时，她却已经扛起革命这面大旗，誓要将干部教育进行到底。

1956 年对于时任市政府办公室秘书的周慧华来说是一个选择之年，当时，中央提出要培养自己的无产阶级知识分子，培养自己的马列主义理论教师，组建一支具有马列主义基础的干部队伍来抓干部教育工作。市委宣传部展开摸排，考虑将她调往宣传部开展工作。当市政府办公室主任询问她的意见时，她毅然决然地点头同意，这个决定开启了她为之奋斗一生的干部教育事业，也正是这个决定让她获得了前往中央高级党校学习的机会。

这是一个十分难得的机会。用周慧华自己的话讲，中央高级党校分配给江苏省委宣传部 2 个学习名额，苏州本来并没有名额，因为省委一时无法选派 2 名符合条件的人选，"让了 1 个给苏州"，于是，这个机会摆到了她的面前，尽管存在种种困难，她很高兴地同意了。要知道当时，她的孩子连一岁都还没到，正是嗷嗷待哺急需母亲照顾的时候，可为了国家的事业，为了干部教育，她放弃了自己的利益，选择了国家利益。

进入中央党校学习，还需要通过考试，考试没有复习范围，考察的都是基本功，几十年过去，老人家清楚地记得写了一篇文章《论我国的新民主主义革命》。她表示，"一开始还挺忐忑不安的，觉得自己肯定考不上，但承蒙上天眷顾最终还是被录取了。"于是，她毅然给正哺乳的四五个月大的孩子断了奶，背上铺盖北上学习。中央高级党校的这期轮训分为三个专业：政治经济学、哲学和科学社会主义，周慧华就读的是政治经济学专训班，班里的学员年龄都比她大，来自全国各地，而她是班上唯一的女学员。学习期间，主要研读经典著作《资本论》。克服了对家乡、孩子的思念，周慧华刻苦学习，完成了学业。

毕业时，毛泽东、陈云、邓小平、朱德、杨献珍等国家领导人，前来与学员们合影留念。尽管因为安保要求，未能与毛主席握手，但能与毛主席合影让年轻的周慧华激动不已，至今回忆这段往事，老人家还是一脸的喜悦与自豪。现在回忆起照片里的这群人，老人家坦言已经不记得他们的名字了，兴许不少人都已离世，但那份曾经相聚在一起的革命友谊，革命情怀，依旧令人怀念。

干部教育事业的拓展

　　进修学习结束后，周慧华正式到市委宣传部报到，离开原来的岗位，改行从事干部教育工作，一干就是一辈子。她认为，正是这次机会，为她今后的发展"开辟了广阔的道路"，使她"得到了成功"。

　　周慧华在市委宣传部工作了26年，从理论教员到理论教育科科长，一直抓的是干部教育。后调至市委党校担任副校长，虽然换了单位，还是抓教育工作。后来地委党校和市委党校合并后，苏州需要建立开展干部教育的专门学校，她按照市委部署，在原市委党校所在地横山校区开始筹建干部学校。但她认为中专层次的干部教育已跟不上国际时代潮流，应该办更高层次的干部学院。于是，被任命为苏州干部学校副校长的周慧华与当时同为副校长的夏锡生提出，要在干校的基础上，筹建大专层次的经济管理干部学院。在他们坚持不懈的努力下，终于获批资金10万元，用于

苏州市职业大学档案馆馆藏档案及周院长收藏任命书

引进教师，添置设备，修建校舍等，大大改善了办学条件。经过一年多的奔波，大专院校建制的苏州经济管理干部学院于1984年获批成立，是当时全国第一批仅有的几个获批成立的经济管理干部学院之一。这个由周院长一手筹建起来的经济管理干部学院被她视为一生中最突出的成就。

周院长笑称，自己是在经济管理干部学院退休的，一天都没在职大工作过，对职大没有什么贡献，但经干院开设的工业企业经营管理和商业企业经营管理这两个专业，为后来的职大工商系、财贸系的建立奠定了基础，所以，她也是职大人。

从两个多小时的采访中，我们看到周院长把她的一生奉献给了干部教育，少年贫苦，勤奋学习；青年任职，任劳任怨；晚年执任，专注执著，她有了如花般的暮年，更有如诗一般的人生，她的人生岁月值得我们学习，值得我们铭记。

我的会计经历

宋其华

　　我生于 1949 年 11 月，与共和国同龄。建国 70 年来，各行各业都发生了翻天覆地的变化，在会计领域也不例外。就拿会计专业技术职称来说，从无到有，逐步完善，走出了一条改革发展的道路。下面就我几十年的亲身经历，谈谈自己的感想。

　　记得小时候我有过很多的梦想：当科学家、教师、医生……可是我怎么也没想到，将来我会去当农民，而最后我的职业会定格在会计上。

　　1964 年我初中毕业，考上了苏州高级中学。正当我插上理想的翅膀，准备向高等学府进军的时候，老三届全部到农村插队落户了。在农村劳动 8 年后，因"农多工少"政策，1976 年 1 月我被抽调回城了。刚开始时安排我在黎里国营酒酱商店当营业员，一年后，我又被调到国营哺坊当会计。也正是在那一年，恢复了高考制度。我的很多同学都报名了，而我却因已在国营企业上班，就放弃了高考的机会，从此，便与会计工作结下了不解之缘。

在当时，只要工作需要，不管文化程度高低的人都能当会计，我的前任会计就只有小学文化。会计的全部工具就是一个算盘一支笔。算盘打得准又快，是会计的基本功。记得有一年黎里商业系统在剧场内举行技术练兵比赛，有的表演绕绒线、量布，有的表演切云片糕，还有的表演杀鸡宰鸭，等等。我们国营企业的会计全部上台，表演了打算盘。那种热烈的场面，至今记忆犹新。

对会计来说，手工记账必须十分认真，不能出任何差错。否则，就可能出现银行对账单与企业账目不符，现金与账面不符，总账与明细账不符等情况。一旦出现了这种情况，会计人员特别头疼。每当月底结账时，往往为了轧平1分钱，加班到深夜，不找出毛病绝不能休息。

尽管当一名国营企业的会计，让很多人羡慕，我也兢兢业业地干好自己的工作。可是当夜深人静的时候，我总会为当年放弃高考而感到后悔。1983年我终于等到了一个机会，在职职工可以

电大优秀毕业生证书

参加业余电大的学习了。三年时间里，我工作学习两不误，与脱产学生同样学完了商业经济专业全部课程，并以优异的成绩被评为中央电大优秀毕业生，圆了我的大学梦。

做一名会计人员不需要资质的状况维持了很多年，直到有一天，情况发生了根本性的变化。

1987年9月，根据上级要求，我与所有的会计一起，在经过四门课的培训后，集中到吴江参加了江苏省会计专业职务考试。1988年7月我领到了会计专业职务考试合格证书。1989年12月我又获得了助理会计师资格证书，食品公司还发了聘书。后来正是凭借会计专业技术职称，我被转成了企业干部编制，将退休年龄从50周岁延迟到了55周岁。

1991年3月因工作需要，我被调到吴江食品公司任财务科长。到了新的岗位，未等站稳脚跟，这一年全国注册会计师首次考试开始了。听说考取注册会计师后就会被调出原单位，我觉得会对不起公司领导对我的栽培，所以毫不犹豫地放弃了报名，安心埋头于财务科的日常工作。

1992年3月11日财政部发布了《会计专业技术资格考试暂行规定》，明确规定"会计专业技术资格，实行全国统一考试制度。资格考试按会计专业职务的设置分为：会计员、助理会计师、会计师资格考试。会计专业技术资格实行全国统一考试后，不再进行相应会计专业职务任职资格的评审工作"。

1992年11月我参加了会计师全国统一考试，4门课程一次性全部通过。1个月后，我就领到了财政部统一颁发的会计师资格证书。

1993年第二次全国注册会计师考试又开始了。这次我不再犹豫，立即报了名。注册会计师考试与职称考试不同，是划分数线的，考取率只有10%左右。我分两年时间，考完了全部4门课程，取得了4张单科合格证书（后换成全科合格证书）。1996年12月我加入了江苏省注册会计师协会，成为一名非执业会员。如果要成为执业会员，必须调出原单位，到会计师事务所去工作。而我在食品公司的工作很繁忙，领导对我很器重，我也就不作它想了。

听说我已经是会计师了，吴江电大的王栋教导主任亲临食品公司，请我去电大教会计专业课。在征得公司领导同意后，1995至1997年间，我利用双休日连续教了4个学期的会计专业课。在电大的教学实践，以及校部出具的证明，也为我今后参评高级职称提供了一个有利条件。

在食品公司当财务科长时，每个月我都要去财政局送会计报表。有一次企财科的石中珊科长问我："想不想申报高级会计师？"我没有信心，因为我知道高级会计师的门槛很高，除了学历、资历、省级以上刊物上发表过3篇以上文章外，还要考一门外语。我在初中、高中学的都是俄语，全都还给老师了。为了应付考试我去参加了俄语培训。一天课下来，我听得云里雾里，好像我从来就未学过俄语一样。石科长鼓励我试试换考英语。于是我从26个英文字母开始，突击自学英语。1998年9月19日我参加了江苏省职称外语（社科英语）考试。考试时不能带英汉字典，只发了一份词汇表。侥幸的是考试内容都是英译汉，我半靠查词汇表，半靠猜测，填写完试卷。考试结束别人都在对答案，我自知考得一塌糊涂，一个人去逛观前街了。令我意外的是，事后石科长告诉我，我英语考了45分，而职称办对45岁以上老会计的外语成绩放宽要求，只要求30分以上就够了。我欣喜若狂。在公司和商业局领导的支持下，走完了所有程序后，终于在2000年11月我获得了省人事厅颁发的高级会计师职称证书，成为当时吴江地区最年轻的，也是商业局系统内唯一的一名高级会计师。2002年年初，商业系统体制改革进一步深化。很多企业撤并，职工买断工龄，这些撤并企业的会计档案和会计人员都集中在了商业局。局领导将我借去创办商业会计公司，并担任会计公司总经理。两年中我和会计公司的成员一起，对市、镇一级商业公司作了一次全面审计，写出了一份又一份审计报告，并清理了全部会计档案。

值得一提的是，随着社会的进步，会计工具也发生了深刻的变化。传统的算盘是上二珠下五珠，90年代改成上一珠下四珠，大算盘相应改成了小算盘。慢慢地不锈钢算盘代替了木质算盘。再后来，这种算盘上端又被装上弹簧。一次运算结束后，只要一按弹簧，上下珠立即分开，节省了清盘时间。现在我家中还保存有两个这样的算盘。这种新式的算盘更科学，携带更方便。就在

高级会计师职称证书

高级会计师资格证书

那个年代计算器也进入了财会、业务等部门。虽然计算器在加减运算方面比不上算盘快捷，但乘除运算却具有明显的优势。进入21世纪，电脑逐渐普及，财务软件也应运而生，大大减轻了会计人员的劳动强度，提高了工作效率。只要在软件中输入正确的记账凭证，电脑就会自动记账，生成明细账、总账及报表。百分之百的正确率，让会计人员再也不用为1分钱的差错而大伤脑筋了。

2004年11月我退休了，领到了两本退休证。一本是干部退休证，另一本是职工退休证。其实在享受养老金待遇上，这两本退休证是一样的。倒是我的高级会计师职称让我享受了几年的倾斜政策。退休后，我又与别人合伙成立了华信会计服务公司，面向社会开展代理记账业务，屈指算来也快15年了。

回顾以往的岁月，感慨万千。是祖国，把我从一个不懂事的孩子，培养成了一个有用的会计之才。而我则把会计工作当作了我的事业，并融入了我的灵魂深处，终我一生，无怨无悔。

我们家的"税单"

陈志新

"税单",也就是完税证明,是证明组织或者个人已完成纳税义务的凭证,每一个家庭都有或多或少的"税单"。翻阅改革开放以来我们家的"税单",回想与之相关联的经济社会活动,这其中既见证着我们家奔向小康的过程,也折射出新中国建设的巨大成就。

"税单"体现着改革的成果

在我农村的老家,依旧保存着泛黄的农业税税收证明,上面记载着我们家完成国家小麦、水稻等粮食定购任务,并相应折算成农业税的内容。改革开放之初,我们国家经济仍然以农业为主,国家财力的重要支柱也是农业税收,各地政府高度重视粮食生产,并作为"米袋子"工程大力推广。家庭联产承包责任制的推行,大大激发了广大农民的积极性,"缴足国家的,留足集体的，剩下都是自己的"，农民以极高的热情投入到农业生产之中。那时农忙季节，在外务工的父亲再远也要赶回家，承担着收割、运送、脱粒再到新一季的耕地、平田、栽种的重体力劳动，体现着对家庭的责任与贡献。新粮晒干后，通常几家会集中雇上一辆拖拉机去公社粮公所交"公粮"。那时，电视及广播里也在大量播放着广大农民踊跃交"爱国粮"的新闻。随着我们国家的快速发展以及农业机械化的推行，种粮比较收益不断下降，农忙时父亲回来得也没那么多了。2006年1月1日起，我国全面取消了一直被农民称为"农业税"，这是改革开放带来的一项巨大成果，有利于全国13亿人中的9亿多农民增收和消费水平提高。现如今，我国实行工业反哺农业，城市支持农村，种粮不仅不要交税，国家还给予种植补贴，意味着中国在发展过程中，经济结构不断优化，工业比重不断上升，农业比重逐步降低，也表明我们国家正在逐步走向强盛。

"税单"体现着收入的变化

在我保存的个人资料中，有一类是每年税务部门寄送给我的个人所得税完税证明，上面印着我在一个纳税年度内工薪所得实际缴纳的个人所得税情况。个人所得税完税证明是用来证明一个人收入及财力的重要书面凭证，通过对比历年其中个人收入的变化，可以充分见证人民群众逐步富裕起来的过程。20世纪80年代初，大部分农村家庭的主要收入来源比较单一，基本以种植收入为主，伴随着社会的发展，收入来源更加多样化，有农村副业收入、务工收入等，目前大部分以就业薪水为主。那时为了补贴家庭收入，我母亲在农闲时节每年会养两到三季蚕，在蚕快要结茧前的 10 天左右，每夜要多次起床喂食桑叶，每养完一季蚕母亲都要消瘦不少；我父亲也每年一过完年就外出务工，除了中途偶尔回来外，基本上要做到腊月二十几才会回家。父母的辛劳让我较为无忧地完成了学业，毕业后我和许多农村学子一样，也通过自身努力走向了工作岗位，拿起了正式工资，当我领到工资单，看到所在单位第一次帮我代扣代缴个人所得税时，心情无比激动，毕竟我也用自己的一份所得为国家的建设贡献力量，当纳税人的感觉真好。此时所交税的，是扣除了养老保险、医疗保险、住房公积金等"五险一金"，再减除免征额的部分，交完税到手的便是我的净收入。翻阅我一年年的收入完税证明，可以清晰反映出我收入的不断增长，从 2005 年的每月税后工资

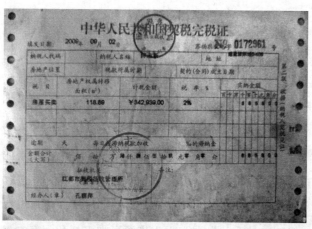

契税完税证

1500 多元到 2019 年每月税后工资 6000 多元，不到 15 年间增长了近 4 倍，另外还有每年逐步增长的年终一次性奖金，一种获得感油然而生。随着个人收入的提高，个人所得税纳税额也在增长，我们国家统筹考虑居民消费价格指数等因素，适时进行个人所得税改革，提高个税起征点，扩大较低档税率级距，2018 年又首次增加子女教育支出、大病医疗支出等 6 项专项附加扣除，进一步减轻工薪阶层纳税人负担。我的个人所得税纳税额也呈现逐步上升，在某一时点又大幅下降的特点，最近的这次个人所得税改革，使我每月交纳的个税由 100 多元下降为零，广大工薪阶层纳税人最大程度上享受到减税红利，分享到改革成果。如今，市场经济蓬勃发展，理财方式多种多样，人们的收入渠道更加丰富，除了工薪所得外，也有了更多的经营性和财产性收入。

"税单"体现着生活的改善

在我们家中，还有另一类被小心保藏着的"税单"，这就是车辆购置税和房屋契税凭证，它们是证明相关权属的重要依据。人民对美好生活的向往是我们党奋斗的方向，特别是改革开放以来我国建设取得了巨大的成就，人民群众的生活也发生了翻天覆地的变化。出行、居住与生活质量密切相关，而机动车辆、商品住房都需要较大支出，老百姓富起来后具有了购买的能力，有的家中还拥有不止一辆车、不止一套房，也从一个侧面反映出人民群众生活的大幅改善。改革开放初期，人们出行主要靠两条腿，生活好一点后有了自行车，而当时汽车价格昂贵，对于工资微薄的工薪阶层想都不敢想。老百姓走亲戚或去乡镇、县城办事购物往往需要在路途上花费大量的时间，活动范围也受限，加上道路不平，骑自行车也很颠簸，如果遇上雨天更是泥泞不堪。现如今，小汽车已经进入寻常百姓家，柏油路网四通八达，一些路途不再遥远，人们工作、交往的半径不断扩大，也兴起了自驾游等休闲方式，群众的生产生活更加便利。同样，改革开放之初，农村住房简陋，经济宽裕一点后开始不断翻建新瓦房，我们家也于1990年左右盖起了小楼房，但基础设施和相关配套仍然欠缺，记得有一年连续阴雨，我们家都快没有干的柴草用来生火做饭了，夏天酷热难当，一到三伏天我身上就会有或多或少的暑气，2005年随着我在县城工作并且也快到了结婚年龄，我们家很快

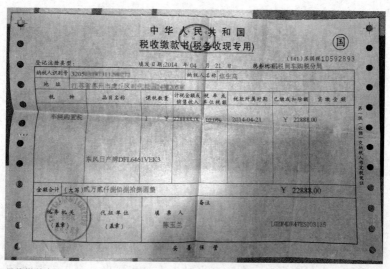

税收缴款书

在县城买了商品住房。近年来，为了更好的生活，同时也是获取更好的医疗与教育，人们纷纷在城区购买住房，房子的面积越来越大，装修也越来越考究，水电气等配套齐全，空调、热水器等设施完善，有的家庭还用上了地暖，人们的居住越来越舒适。与此同时，小区内外有着大量绿化和健身器材等，有的还有小公园、小花园等，环境非常优美，小区周边还有超市、菜场等相关配套，人们的生活越来越便利。群众的休闲方式也在发生变化，在夜幕的灯光下，经常见到人们聚在一起跳着欢快的广场舞，传递享受美好生活的喜悦。

三个梦想

张 勇

　　小时候，对梦想没什么概念，但小脑袋里有很多稀奇古怪的想法。读了阿拉丁的故事后，也幻想着能像他一样幸运，拥有一盏神灯，实现三个愿望。现在想起来有点可笑，但那时候却把童话故事当成了真实的存在。

　　进入小学后，我特别喜欢语文，喜欢阅读各种各样的书籍，那时候我父亲在工厂里的老干部活动中心工作，中心里有图书阅览室，我就"近水楼台先得月"，每次放假都能借好几本经典书籍。假期里坐在阳台上，沐浴在阳光下，享受着阅读带来的温暖与舒适，感觉生活的一份美好。

　　正是通过阅读这些经典书籍，我积累了知识，开拓了视野，激发了想象力和灵感。西汉学者刘向说："书尤药也，善读之可以医愚。"书中的经验，可以帮助我们少做蠢事。培根在《论读书》中写道，"读书使人充实""精神上的各种缺陷，都可以通过求知来改善"。书中蕴藏着为人处世的良方，让我们遇见更好的自己。

从那时候起一个小小的梦想在我心里扎了根，那就是成为一名作家！这个想法一直激励着我。从初中起我开始写日记。虽然学校离家很远，每天都要坐通勤车上下学，耽搁了很多时间，但我始终坚持不懈。那时候很多工厂子弟为了能考上更好的高中，为了今后能考上更好的大学，每天奔波着，废寝忘食地学习，而我，总是不忘每天的日记。

1995 年，我考上了市第二高中。文理的选择偏差和高考失利让我迷失了很长一段时间。在父母和老师的帮助下，经过复读我考入了大学。可是我并没有走上作家的道路，准确地说没有坚持走这条路。因为我知道自己在文学上的能力有限，我还有当作家

张勇工作照

的梦想，但是我明白自己不会有多大的作为……

于是，我就有了第二个梦想——当一名经济学家。大学里我的偶像是凯恩斯、萨缪尔森、弗里德曼……起初我认为经济学家作为知识分子的一部分，特别具备责任心，需要拥有职业自觉，甚至有一段时间我觉得经济学会改变整个世界。在我看来经济学家是除了科学家之外最能为人类社会做出贡献的人物。可遗憾的是，随着年龄的增长，我意识到他们搞的是软科学，不能有直接的作为，在海啸袭击的时候，他们不能像国家政治领袖那样振臂一呼，力挽狂澜。经济学家又是最了解经济人本性、能以最小的代价牟取最大收益的一群人，根本不可能指望经济学家放弃个人利益而肩扛起社会道义。他们始终在以自己独特的视觉看世界，以自己的思考发表演说，"经济学不一定能改变世界，但一定能改变你看世界的方式"。各经济学派都主观地认为自己找到了经济规律，结果经济总是在和人类社会开玩笑，给经济人上了一课又一课。

大学毕业，我复读一年考研，终于考上档案学专业研究生，这是两个跨度很大的专业。毕业之后，我进入独立学院图书馆工作。梦想的种子只要在，遇到合适的水分、温度和阳光就会发芽，这就是我的第三个梦想——档案梦。在历史和现实的桥梁上，档案作为一个文化路标，承载着历史记忆，延续着社会文明，传播着人类精神，传递给你我温暖。当时光流转，在静谧中回首岁月光辉，档案见证着亿万国人共同追逐的伟大梦想。认识到这一点，我更加爱上了档案。从事档案工作不仅需要耐心细致，更需要具备默默付出不求回报的精神。档案工作是一天一天的坚持，一天一天的积累；是埋头整理、仔细归类；是润物无声、毫不张扬。从事档案工作需要有弥足珍贵的品质——不骄不躁、平和淡定。我很幸福，因为我从事着自己喜爱的职业，有人注重结果，有人重视过程，但在我心底，从事档案工作，无论过程与结果都精彩。梦想不是虚无的，在每个人心中都是具体的，小到一件事情，大到人生规划，只要内心有规划，便有实现的可能。

灵魂总要有处安放，梦想也要有栖息之地。我的三个梦想，合在一起就是一个梦想——一个档案人的中国梦！档案梦是中国梦在档案领域的具体体现，就是要把人民的档案事业办好，服务人民，造福人民。

伍德罗·威尔逊说过："我们因梦想而伟大，所有的成功者都是大梦想家：在冬夜的火堆旁，在阴天的雨雾中，梦想着未来。有些人让梦想悄然绝灭，有些人则细心培育、维护，直到它安然度过困境，迎来光明和希望，而光明和希望总是降临在那些真心相信梦想一定会成真的人身上。"

现在回过头来看，我的每一个梦想都有价值，追梦的过程中留下了自己青春的足迹，变得丰富而成熟。梦想，就是一盏"神灯"，始终指引着我们前进的方向。人生因梦想而美丽，人生因奋斗而幸福！

千年华服看旗袍
旗袍传承看吴江

俞晓祥

"丰饶鱼米地，幽雅水云乡。江南何处好？乐居在吴江！"

星期六，我推着轮椅走在吴江的街头，轮椅上坐着我九十高龄的祖母。看着伫立在前方路旁的大显示屏上放着咱吴江的宣传片，依然耳聪目明的祖母，脸笑成了一朵花。

祖母身上穿着一生喜爱的旗袍，唱了一句昆曲："原来姹紫嫣红开遍，似这般都付与断井颓垣。良辰美景奈何天，赏心乐事谁家院？"

吴江清音昆曲社的周阿姨那天微笑着对正学昆曲的大伙儿说，你们一定要坚持，昆曲能让人心灵纯净，唱昆曲的人一般都长寿的哦。周阿姨绘声绘色地回忆起原来盛家库的小巷里飘出昆曲声，那是一位老太太每天必做的功课。她说的就是我祖母啊。祖母土生土长在盛家库，盛家库曾是江城城区最繁华地段，是马可波罗曾经到访的街巷，这里的丝绸曾远销海外。

记得那天，听说盛家库要拆迁了，要建中国旗袍小镇，祖母的心里又遗憾又欢喜。想到能将旗袍的美推广到全国、推广到世界，祖母竟然期盼着旗袍小镇早日破土动工了。

"奶奶，明天我带您去看一场盛大的旗袍走秀活动哦。"

美丽的太湖之滨，吴江苏州湾湖畔，200多名身着各式旗袍的吴江女子手撑花纸伞，在阅湖台音乐喷泉广场随着音乐婀娜移步，身影曼妙。这是中国旗袍小镇暨吴江太湖新城、东太湖生态旅游度假区宣传推介会的重要一环，来自全国各地的150余位嘉宾共同见证了中国旗袍小镇的美丽绽放。吴江这座历史闻名的"丝绸之府"，在"一带一路"战略新契机下揭开了发展新篇。中国旗袍会理事长汪泉先生谈到吴江，赞不绝口："初到吴江，我就被这里美丽的生态环境、深厚的丝绸文化底蕴所吸引，特别是阅湖台音乐喷泉就像是一个浑然天成的T台秀场，非常适合旗袍走秀活动。"推介会上，汪泉先生被授予中国旗袍小镇名誉镇长。

"晓晓，帮奶奶多拍点照哦。"

咔嚓咔嚓，我的相机没停，身着旗袍的祖母叮嘱我，看着，听着，开心地笑着。

回到家，祖母兴致勃勃地说起古来：盛家厍老街坐落在吴江主城区的核心地段，已有千年历史，是这座城市最完整的历史缩影，也是最有江南水乡的"味道"。旧时太湖边的农人渔夫，在此"渔歌唱晚""菱藕朝市"，商贾往来汇集，商肆店铺鳞次栉比，曾有"两界星河涵倒影，千家楼阁载浮萍"的盛况，承载了几代人的回忆。而盛家厍古朴的老街区，让人联想起了20世纪三四十年代的古镇街巷。

吴江是丝绸的故乡，而丝绸、苏绣正是现代旗袍制作精美的关键要素。中国旗袍小镇选址在历史悠久的太湖新城盛家库老街，依托中国旗袍会资源整合和国际化平台优势，以及吴江丝绸产业、非遗文化资源丰富、载体功能优越的基础，把吴江这根"丝"拉得更长、做得更美。同时，吴江将以丝绸、旗袍为纽带，复兴盛家库老街，使吴江这座"千年水天堂"古蕴今生，更加富有文化品位、历史特色。

祖母说，盛家库又称盛家舍，应该是先有舍再有库，"库"似乎比"舍"要稍大一些，其意都指的是村落。不可否认，明代农业、手工业的发展，带动商品经济的繁荣，又促成了江南村落的形成。盛家村落自然是姓盛人家聚居地。约明代正德年间，一个叫盛灿的读书人，藐视学而优则仕，以眼不见为净的心态，逃遁官场归隐，在吴江县城郊外的太湖之滨吴淞江畔择田野而居，被尊称为处士，其所建家宅，为盛氏聚居之地，得名盛家舍。民国时期，费善庆的《垂虹杂咏》中有一首题为《盛家舍》的七绝，诗中写道：盛家舍即沈家园，御史何如处士尊。小市临河遗迹渺，独留名姓话黄昏。诗后按语云："按盛家舍今误作盛家库，为明处士盛灿故居，即柳塘别业。"

回忆起过去，祖母面色凝重地说起抗日战争爆发后，日军进犯吴江县城，盛家库首当其冲，边上的垂虹桥畔成了日军屠杀中国老百姓的地方，商家富户居民纷纷出逃避难，"街上行人少，未暗先关门"，盛家库陷入劫难。抗战胜利后，不忘本的商户居民再次重返，在传承原有格局的基础上修缮房屋，进行重整，盛家库才逐渐恢复了往日的热闹。渐渐地，盛家库不复昔日的辉煌，老旧失修，处处显示着岁月的痕迹。

如今，堪称中国女性"国服"的旗袍与盛家库结下不解情结。流行于民国时代的婀娜多姿的旗袍，与盛家库的清末民初的建筑交互辉映，时代上的吻合，独具匠心的构想，传承与创新的结合，超越时空，赋予了盛家库以静态和动态的美感。改造开发的盛家库，是一座集旅游、产业、文化三位一体的江南特色小镇，化身中国最具风情的旗袍小镇。千年老街邂逅风华绝代的中国旗袍，穿越时空，盛家库的往日盛景又要回来了。

"奶奶，旗袍小镇到啦！"

古典的园林式布局，黛瓦白墙，翘角飞檐，玲珑飘逸，雕梁画栋，古朴淡雅，匠心独运。有廊棚，有围栏，有门墩，新中式风格的八边形窗户洁净明亮，建筑的门窗采用各种镂空的方式去

中国旗袍小镇

表达，简约又不失古韵。朱红色的门上镶嵌着如意纹样的金属合页，有一种温暖的历史感。

对旗袍一往情深的祖母深深地爱上了旗袍小镇，"千年华服看旗袍，旗袍传承看吴江"说得多好啊！祖母感叹："如今生活好了，爱穿旗袍的人也多起来了，旗袍的美会吸引更多人爱上的！"我给祖母和旗袍小镇又拍了很多照片，明天星期日，吴江档案局的工作人员将如约到家里免费教我们建立家庭档案，祖母珍藏的旗袍、照片、儿孙辈的奖状、证件等资料都将成为我们家族的记忆，成为吴江的记忆。

三张票据的故事

张祖功

　　在我家家庭档案设备类的盒子里，静静地躺着三张买洗衣机的票据，他们见证了我家庭的成长和变化。

　　20 世纪 50 年代，我家共有 8 口人（父母亲和我们兄妹 6 个），每次洗澡后，母亲都要用搓衣板洗完一脚盆的衣服，每次总是洗得腰酸手麻的。

　　1968 年 8 月，我离开了家，插队到合兴公社的悦来八队。离家时，母亲在我的行囊里也塞进了一块搓衣板，说是让我洗衣服时方便些。过了几年，我到了结婚的年龄，就和一位农村姑娘在生产队里帮我建造的半草半瓦的三间知青房里面成家，那块搓衣板也就成了爱人的专用物品。

　　十一届三中全会后，国家出台了知青回城的政策，我"接班"进入了教师队伍。后来，按照国家关于插队知青家属的政策，在 1985 年 1 月 25 日，我的爱人和两个小孩从农村户口都转变成了城镇居民户口。当时，生产队已分田到户，实行承包责任制，劳动力

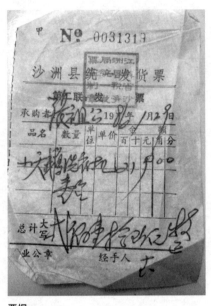

票据

从土地上解放了出来，生产队里的各家各户是八仙过海各显神通：有的进厂、有的搞副业、有的外出做手工业。没有人家愿意接收我家母子3人分到的2.8亩责任田，这些田只好仍由我爱人种着。爱人对我说："现在是勤劳致富，发财光荣。照目前这样的发展趋势，家家户户翻建楼房的高潮就会到来的，我们也要靠自己的双手，早点作好准备。"为了不使责任田撂荒，又要尽量少用人工。我们就将责任田的种植规划了一下，小熟里种一亩油菜，其余的种小麦，到了大熟里，种一亩田水稻，其余种黄豆。那时我们全家的口粮在居民粮食供应证上购买已足够，为了消化掉这些田里生产出来的粮食，家里就养了两头猪、一些鸡和鸭。因此，在爱人进入社办企业参加了工作后，我看到爱人既要去厂里上班，又要去田里管理庄稼，每天天不亮还要起来用搓衣板洗好四个人的衣服，非常辛苦。我看在眼里，疼在心里。

那时，我们那儿的农村里还没有通自来水，但我还是在1986年1月29日，去买了一台（219元）无锡出产的单桶"小天鹅"牌洗衣机。这是我们生产队里的第一台洗衣机，洗衣机到家时，邻居们都来看我怎样用机器洗衣呢。

我先把洗衣机放在大门口走廊的水泥地上，再用水桶从家旁边静静流淌的小河里，提上清澈的河水倒入洗衣机，插上电，调整好洗衣的时间后就让机器转了起来。洗衣时间到后，等机器把洗衣的脏水全排到我家前面的自留地，开始放音乐了，我就把衣服从洗衣机里拎出来，到小河边的水栈上去漂洗净，然后晾到房前的竹竿上，再把洗衣机搬到家里。虽然每次洗衣都要这样麻烦，但以后洗衣服的事我就承包了，不再要爱人费心劳累了。

进入 20 世纪 90 年代，我市提出了"三超一争"的口号，全市人民发扬张家港精神，经济发展进入了快速增长期。在全国提倡尊师重教的氛围下，市政府一下子拿出了 90 套住房，分给在市区工作没有房子的教师。我刚好调到市区工作不久，租住在仅有 36 平方的两小间低矮民房内，所以也分到了一套三楼的 93 平方三室一厅的房子（后来作为房改房我买了下来）。搬进新家后，那台

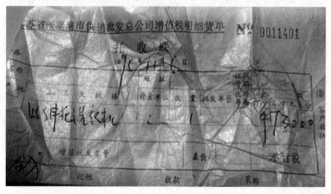

票据

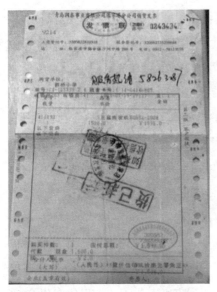

票据

"小天鹅"已为我家工作了好几年，外面的铁皮开始锈蚀，一只角上只能用砖填着才能放平，该是到它休息的时候了。再说住在楼上，衣服洗后如没有脱水就晾出去，滴水就会影响到楼下人家，所以必须要重买新的洗衣机了。1995年11月5日，我就买了一台（730元）上海出产的双桶"申花"牌洗衣机，每次洗好衣服后，我就把桶里的衣服拎出来放在浴缸里漂洗，再放到"申花"另一边的脱水桶里脱水，然后去晾晒。

这样一直到了2003年，女儿和儿子都已参加了工作，我们教师的工资随着国家经济的发展也连续增长，家里的经济也随着国家的富裕强大而达小康。为了给儿子准备结婚用房，我买下了面积达134平方米的一套商品房。那一年的7月19日，在新房里放进了我家的第三台洗衣机——"三星"牌全自动洗衣机（1598元），这样洗衣服的事就全交给了它。我开始享受现代家电带来的舒适生活，小日子过得如诗歌一般余韵袅袅。

俗话说：养大的小鸟终究要飞出老巢。儿子一家在5年前又搬进了140多平方的高层电梯房。他们的房子里摆着一台带烘干的全自动滚筒式洗衣机，到了湿答答、黏糊糊的黄梅天就不怕洗的衣服没有太阳晒了。

滴水见太阳，细微之处寻本源。

从搓衣板到全自动洗衣机，这 70 年里，我家的生活也如我国的发展成长一样——芝麻开花节节高，三张票据就是最好的见证。

苏州粮食记忆

岳玲艳

　　档案工作是维护党和国家历史真实面貌的重要事业，是党和国家各项建设事业必不可少的环节。档案是每个公民成长、生活和工作的第一伙伴，是家庭记忆的结晶，家风精神的传承，社会和国家史记乐章中的音符。传承和保护档案人人有责。很多档案伴随我们成长，那些档案你还记得吗？

　　我在农民家庭长大，最初对档案的记忆就是粮票。这是一个时代的记忆。中华人民共和国成立初期，物资极度匮乏，粮食无法做到敞开供应。奶奶在地里辛苦一年，因为家里人口多，交给生产队后就没有余粮了，需要贴钱去买粮食。

　　中央政府开始酝酿粮食的计划供应，以满足全国人民温饱的需求。1953年，中央政府决定实行粮食统购统销政策。1955年8月25日，国务院全体会议第17次会议通过《市镇粮食定量供应凭证印制暂行办法》。很快，各种粮食票证铺天盖地地进入社会，揭开了中国"票证经济"的序幕，中国开始进入票证时代。

1960 年，国家进入了节粮度荒时期，城市居民的粮食定量进行压缩，副食品供应严重不足。与票证时代相配合的，还有严格的户籍管理以及城乡二元分割的制度。农村人不像今天一样可以自由进城打工，因为每月定量供给的粮票、油票只有城市人口才有。我父母就在那个饥荒的年代出生，拿不到这些票证，农民根本无法离开土地而生存。当时农村的人会拿点粮食来换城里人的豆腐票，布票等。农村人一心要考出去就是为了居民身份才有粮票。要是能够嫁个城里人，自己的孩子每月就有粮票了。

　　当时的粮票分为全国通用和地方流动两种，只有全国粮票才能在中华大地都有效，出差的人必须持单位介绍信去粮店换一定

1981 年，群众凭粮票排队买粮

数量的全国粮票。爷爷说他每次出差就算有钱下馆子，没有粮票也吃不成饭。因为外公外婆工作忙，妈妈的吃饭问题交给当地小饭店，妈妈总是忘记带粮票就不去吃饭，又怕家人发现就幼稚的把粮票撕掉，现在想想这种做法真是土豪啊！

随着改革开放，物资慢慢丰富起来，商品市场开始活跃，曾经严格的票证制度越来越松动，国家逐步缩小了消费品定量配给的范围。到 1983 年，由国家统一限量供应的只有粮食和食用油两种。舅舅、舅妈工作分配到粮管所，那时候粮食局是个大单位，那真的是铁饭碗！

1984 年，在经过两年多的物价体制改革试验后，深圳市在全国率先取消一切票证，粮食、猪肉、棉布、食油等商品敞开供应，价格放开。深圳人率先过上了不用粮本、粮票的日子。就在深圳市取消粮票的第二年，即 1985 年，国家又取消了长达 30 多年的农产品统购派购制度，极大激发了农民的生产积极性，丰富了城市居民的"米袋子""菜篮子"。我出生后经常会去粮管所玩，那时的粮仓，大家来拿米都是放个簸箕，脚一踢，米就流到簸箕里，就可以装袋带回家了。 1992 年 10 月，党的十四大确立了我国经济体制改革的目标是建立社会主义市场经济体制之后，全国各地先后放开粮食及其他产品价格，实行购销同价，促进粮食产销与市场接轨。

1993 年苏州正式取消粮票。这个时代的记忆也正式封存在人们的脑海里和档案馆里。长达 40 年的"票证经济"就此落幕，粮油实现敞开供应。粮票在那时就成了一堆废纸，外婆就把家里的粮票和旧家具随着搬家一起扔掉了。妈妈那代人到现在还在

如今可以线上线下购买粮食

懊恼这件事，那里还有好多全国粮票啊！可见对他们来说粮票多么重要！

2000年苏州建立市、县两级地方粮食储备，2004年全面放开粮食购销市场，2008年吴中区实行水稻收购价外补贴，2013年吴中区实行小麦收购价外补贴，2014年建立粮食安全省长责任制。激发活力、强基固本，不断推动实践创新，大力实施"粮安工程"和"优质粮食工程"，加快发展粮食产业经济，深入实施科技创新，研发推广先进适用技术，产生了良好的经济社会效益。粮食局的职能也慢慢向粮食储备和粮食市场指导调控转变。

2012年，苏州市粮食局向大家征集各时期苏州各县市的粮票。

2008年吴中区实行水稻收购价外补贴

经过整理，发现苏州从开始使用粮票，一共有过21个版本的粮、油、面票，其中还包括特殊时期的毛泽东语录版本和1990年未发行的苏州市面票。

2018年是改革开放40周年，40年破浪前行，我们的生活都有了翻天覆地的变化，不知是否还有人记得曾经的那张小小的粮票了。苏州市开始向各单位征集改革开放40年主题微信，无一例外的是，每个单位的微信推送中，都提到了计划经济时代人们的生活。各种区县版本的粮票也都出现在文中，大家又重新拾起了对粮票的记忆。

2018年年底，国家粮食局正式挂牌国家粮食物资储备局。到2019年，苏州市及各县市也都陆续完成挂牌。曾经的粮食局也正式写入历史，所有档案资料都进入档案馆。许多老同志还会来老牌子面前照相。对他们来说苏州粮食局比中华人民共和国成立得还要早，这 70 多年的记忆都凝聚在粮食这块牌子上。以后大家再想看当时的粮票，当时的粮仓式样，只能在档案馆里了。

粮食档案汇集了几代人的记忆，守住这份记忆是档案工作者的使命担当。做好档案工作就是为千秋万代造福。

于档案上寻初心

沙 一

虎丘巍峨，园林典雅，七里山塘，旖旎太湖……苏州，这座建城 2500 年的古城，在水巷小桥中展示着城市特质，在寒山寺的夜半钟声里传递着人文韵味。然而我独认为，这座"古今辉映的历史文化名城"的历史沧桑和时代气息却早已深深镌刻在一本本厚重的档案里。翻开档案，她像一个充满智慧的长者讲述着千年历史的兴亡成败，又像一个朝气蓬勃的青年展望着城市发展的起承转合。

作为一名司法行政机关的档案工作者，常有机会翻阅局机关各类档案和大事记，时而回溯局机关建档之初的草创艰辛，时而感怀"互联网+"电子档案辽阔的发展前景。在略微泛黄的纸张伴随着扑面而来的墨香在掌中飞转的时刻，我不禁垂问自己：我们档案人的初心，不就体现在这样一种跨越时间刻度、习于日常、融于平凡的坚守中吗？这样的坚守，见证着中国共产党 98 年的风雨沧桑，唤醒了多病飘零的一盘散沙；见证着新中国 70 年的长歌未央，掀起了激荡华夏的改革春风；见证着新时代 6 年来的砥砺奋进，吹起了响彻神州的奋斗号角。

当世人折服于苏州这座有着"东方威尼斯"美誉的三吴都会，双棋盘城市格局的巧夺天工，赞叹苏州人的智慧活力时，档案也在无声地记录着这片土地创新实践的跌宕历程。从"张家港精神""昆山之路"到"园区经验"，体现着当代苏州崇文睿智、开放包容、争先创优、和谐致远的城市精神；从公共法律服务的起源地到获得"六五"普法先进城市，饱含着法治苏州进程数十年如一日的卓越探索。

"相土尝水，象天法地"是 2500 多年前伍子胥对苏州建城的定位。展阅地方志，犹能感受古代姑苏城创业创新的艰辛与不易；捧读年鉴，则可品味当代人间天堂的奋发与进取。透过纸背，我们读出了古往今来城市记忆留存者灵感天纵与步伐踏实相结合的"工匠精神"。数千年来，他们在固定重复而单调无奇的档案书写、留存、保护过程中保持了耐心和定力，使得千年古城的生机活力为历史铭记和颂扬。70 年来，见证着这座城市革命建设的广大档案工作者，延续着别具匠心而又规行矩步的工匠传统，在工作岗位上敬业专注、精益求精，在业务技能上删繁就简、明辨实质，在价值取舍上海纳百川、虚怀若谷，他们的实干奋斗和喜悦辉煌也被千年古城见证与分享。

苏州档案人坚守信仰、勇于创新、雕琢匠心的精神，伴随着时代的激荡，为这座千年古城拌上靓丽红妆，也在新时代全面延展了城市的文化内涵。有幸成为其中一员的司法行政档案工作者，也在平凡岗位上书写着属于档案人的辉煌。

我常在想，是怎样的初心推动司法行政的精彩瞬间完整地镌刻在时代画卷上？档案回答我，是"守土有责、人人尽责"的使命担当。"档案是修志的源泉和灵魂，修志是档案的精华与浓缩。从选择档案事业开始，我的人生就和它永远联系在了一起。"这是苏州市司法局原副调研员石寿康的心声，退休后的老石主动向组织请缨，投身《苏州司法行政志》的编撰，继续发挥余热。《苏州司法行政志》编撰团队自 2017 年 6 月组建以来，两次赴市档案局阅档，两个月无休的忙碌让他们顺利完成了建国以来我市政法组档案、苏州地区司法局档案、苏州市司法局进馆档案共计 1923 卷15829 件的阅档工作，没有一件遗漏，并于 2018 年 9 月形成《苏州司法行政志》初稿第一稿。和平年代没有了炮火硝烟，少了抛头颅洒热血的紧迫，但"当好守门员"的意识仍能在老石这样的档案工作者身上得以体现。君不见，连续两年春节没有返回老家的档案员小杜和小刘，为了求证一个数据的真伪，节假日期间搜寻遍了苏州图书馆的每一个角落；君不闻，"绝不让任何一个历史线索石沉大海"这样的承诺总是回响在老石和他的团队口中，回响在法治苏州建设的伟大征途上。

我常在想，是怎样的初心让司法行政的奋斗实践有力地指引广大工作人员的实干激情？档案回答我，是"务实勤勉、用心铺陈"的工匠精神。"我是一名从事图片音频资料收集的档案工作者，不遗漏一个精彩瞬间、不忽视一个经典镜头，我的工作才算做到位"。这是档案员小唐写在笔记本上的工作心得。在"功成不必在我，功成必定有我"的理念指引下，小唐忙碌的身影遍及全市各个角落，数年如一日地奔走在基层田间地头，收集司法行政工作者和法律服务工作者走访群众、法治宣传、维护稳定的宝贵资料。当姑苏大地获得法治城市建设全国第四的桂冠时刻记载在《苏州年鉴》上时，千百个像小唐一样忙碌的"小蜜蜂"收获的也应是不虚此行、无负此生的豪迈与雄壮吧！

我常在想，是怎样的初心让司法行政的历史记忆保持精准无误的永恒魅力？档案回答我，是"坚如磐石、稳若泰山"的制度规范。"司法行政工作档案面广量大，人少事多，只有通过制度规范形式保障，才能有效提升工作的精准度"。市司法局副局长徐亦文感慨，从1983年司法局恢复初期出台的《苏州市司法局文书档案管理制度》11条到如今的《苏州市司法局档案管理实施办法》，以及涵盖律师、公证、法律援助、司法鉴定等部门行业的档案管理细则，全市司法行政系统已然形成了"横向到底、纵向到边"的档案管理制度体系。在36.72平方米的司法局档案室里，陈列着1991—2001年文书档案（短期）1147卷，2002—2013年文书档案8688件，会计档案1981—2016年1350册（卷），照片档案7册268张，实物档案49件。基础不牢地动山摇，没有制度稳若磐石的保障，这些档案早已遭受种种遗失和湮灭；没有依法依规归档管档，法治苏州进程的历史书写也将黯然失去应有的浓墨重彩。

我常在想，是怎样的初心赋予司法行政职能工作统筹推进的不竭动力？档案回答我，是"共享共建、包容协调"的工作格局。作为市司法局档案工作领导小组组长和档案工作第一责任人，局党组书记、局长王侃时常要求他的工作团队站在全局角度谋划做好档案工作，用档案记载真实反映业务工作成就，以业务工作成果有力丰富档案内容。在这个宏大格局中，人人都是档案员，档案员都是联络员、宣传员和管理者，赋予实际业务工作"抓铁有痕、雁过留声"的存档意义，也提升了档案工作"围绕中心、服务大局、团结基层"的人气，从而成为业务工作的"黏合剂"和"化妆师"。"要在凝聚推进全面依法治市强大合力过程中发挥更大作用，充分调动人民群众投身法治苏州建设的积极性和主动性"，这是今年年初，省委常委、市委书记周乃翔对新组建司法行政部门的期许，这也是在机构调整大背景下对档案工作的更高要求。努力成为局机关"一个统筹，四大职能"部门信息共享的沟通枢纽、成为政法部门联系服务群众的联通枢纽、成为法治建设与城市经济社会发展同频共振的融通枢纽，司法行政档案人还将继续努力书写好时代答卷。

我常庆幸，自己能作为一名档案工作者，投身苏州高质量发展的伟大洪流，见证司法行政机关改革创新、闯关夺隘的伟大时刻，亦更希望吾与千万档案人一道之实干奉献，能为司法行政事业发展的新时代新征程留存更多历史记录，捕捉更多精彩掠影，让苏城群众和四方来客感知档案上的"人间天堂"。

二、档案见证小康

老照片见证园区发展

顾玉坤

岁月留痕，留在每个人的心里，留在老照片特定的时空瞬间。现代人一面感慨人生苦短，一面欣喜于一瞬间足够长。

2014年6月9日是国际档案日，苏州工业园区档案馆召开档案捐赠座谈会。我向档案馆捐了59张老照片，都是我加盟园区开发建设以来有心无意拍摄的。若干年过去了，有些照片显得很珍贵，因为它见证了园区在中国改革开放大潮中独特的发展轨迹。

"园区经验"是苏州的"三大法宝"之一，它的内涵是借鉴、创新、圆融、共赢，园区的最大特色是借鉴新加坡经验，东西方文化交融。这些精神层面的东西物化固化，最有代表性的莫过于圆融雕塑了。

金鸡湖西岸，东方之门南边，有一个临水的小广场，中央耸立着一个雕塑：两个不锈钢的圆叠在一起，圆的中间有方孔，稍微扭一下。"圆融"是佛教用语，意指破除偏执，圆满融通。雕塑出自新加坡雕塑家孙宇立先生之手，高12米，寓意中新双方的合

工人正在安装雕塑"园区之窗"

作是磨合、交融，体现了园区人融四海文化为一体的胸怀。

2001 年 6 月 8 日，中新两国领导人在园区召开"苏州工业园区成立七周年庆祝大会"，时任国务院副总理李岚清和新加坡内阁资政李光耀出席，会场就布置在圆融广场，中新两国领导人为圆融雕塑揭幕。我有幸参加了这次会议，抢拍到了好多珍贵的照片。

园区是中国改革开放的重要窗口，也是东方文明和西方文化交汇的窗口。2001 年 5 月 31 日，我去贵都邻里中心参加开业庆典。中新路和东环路交叉路口，工人正在安装雕塑"园区之窗"。我随手按下快门，记录下了这扇标志性的窗落成的瞬间。

园区是中国唯一的国家商务旅游综合示范区。26 年间，农田

昔日金鸡湖

村落依据规划"长"出了一片现代化高楼，其中的东方之门、九龙仓国金中心等成为苏州的新地标。这些现代建筑大多环金鸡湖而立，由金鸡湖大桥联通。但千百年来，金鸡湖上是没有大桥的，大桥于2004年1月才通车，老照片为我们记录了没有桥的金鸡湖。

2002年9月17日，我在当时的园区管委会办公大楼——国际大厦的屋顶平台上拍了一张金鸡湖的照片，画面是8平方千米的城市湖泊的北端，湖西有中茵皇冠酒店，它的左边是沁苑小区。18年前，金鸡湖畔还没有起高楼，湖的最北端有一个湾，叫做"玲珑湾"，金鸡湖大桥从这里跨湖。

2003年11月1日，我还特地骑摩托车到金鸡湖的东岸去拍湖西，当年还没有金鸡湖大桥。我沿着312国道到了跨塘镇再折返，向西向南寻到湖边。当时没有大路，都是田间小路，金鸡湖东岸现在博览中心、文化艺术中心的位置上堆了一些建筑垃圾，有几名老人在翻拣。那时，金鸡湖里还没有桃花岛，湖西只有20多层的国际大厦、世纪金融大厦鹤立鸡群。如果你今天站在苏州文化艺术中心看湖西，这两栋楼房已风光不再，淹没在高楼群里了。

苏州工业园区是有原住民的，娄葑、跨塘、唯亭、胜浦、斜塘5个乡镇共20多万人。千百年来，原住民守着金鸡湖、独墅湖、沙湖过日子，油菜花花开花落，稻花香年复一年。苏州工业园区的诞生，让这块288平方千米土地上的所有村庄、农舍都动迁了，

即将消逝的早茶

原住民享受到了改革开放的红利，也承受了动迁、改业带来的巨大牺牲。

　　2001年5月31日早上，我心血来潮，想去看看即将动迁的跨塘老镇。动迁已经开始，茶馆还在，茶客们聚在露天喝最后一段时日的茶。我和他们聊了起来，在征得他们同意后，拍下了《即将消逝的早茶》这张照片。动迁的大背景下，大叔大伯们脸上带着笑，眼神平和而慈祥。

80岁父亲把家庭档案交到我手里

徐 明

在常熟城市展示馆里，翁同龢五世孙翁万戈于1948年拍摄的记录常熟市井生活和乡村生活的纪录片，为我们打开了一扇洞察历史的大门。

在循环播放的电视画面中，70年前，春天的常熟城内，砖石铺设的弄堂人来人往。水井井台边，三位衣着光鲜的妇女在井边，一个在木头脚桶里洗衣，一个在淘米，一个在打水……

这是历史，是常熟记忆。在我下甲村的家里有个家庭博物馆，馆藏了大量的"文物"。我的家庭历史档案中，还记录了著名的"碧溪之路"，记录了苏南乡镇企业异军突起和常熟人勤劳致富的故事。

出于对历史的热爱，从我父亲开始就建家庭档案。父亲今年80岁，他把珍贵的历史档案移交给我，他知道，我是一个重视档案又有家国情怀的人。母亲也把她过去使用过的粮票、布票、国库券和旧版人民币都交到我手中。

母亲拿出两只印有历史人物图案的老碗对我说："这是我与你

"雪松"微型电扇

1985年2月，徐明在新疆边防

父亲结婚那年，你的老太太蒋二媛送给我的礼物，至少也有100年了！"母亲又说，"这一对碗，是你老太太结婚时的嫁妆，她的心爱之物，传到了我手里。现在，碗老了，我也老了！我把它传给你！"

我顿觉沉甸甸的，那是一对有历史的碗了，它见证了解放前农民家庭苦难的岁月；见证了新中国的成立，农民翻身得解放，过上幸福生活的那段历史。

20世纪五六十年代，我家住在草房子里，母亲自结婚那天拿到这一对碗起，就用两层柔软的布头把它包好了放在橱里保存。

1980年春，我家搬出老宅，造了五开间二圆堂瓦房，这一对碗也跟着母亲住进了新房子。

碗是不能说话的，但它是一部活着的历史档案，它是我们家庭的记忆。关于碗的故事，背后还有很多故事……

我把家中早期的照片、信件、票证、日记、课本、字画、音像、唱片、资料、账本、各种证书悉数建档——有我16岁买的"红梅"照相机、"银球"收音机、"常熟牌"手表，有20世纪80年代初我当兵时买的"国光牌"口琴，有青年时代用过的常熟产第一代"雪松"微型电扇、BP机，有20世纪90年代初安装的电话机。当然，家中还有儿时用过的汤婆子、桅灯、美孚灯和爷爷用了一辈子的铜铸水烟管……这些档案，见证了社会的变迁，见证了我家从贫穷走向小康的点点滴滴。

现在，我们的生活过得一天比一天好，冰箱、电视、空调、手机、电脑、汽车一件不少。母亲常说，今天享着好日子的甜，不能忘了过去住草房子的苦。

从"买买买"看太仓小康之路

袁静燕

　　《诗经》有云：民亦劳止，汔可小康。"小康"作为丰衣足食、安居乐业的代名词，成为中华民族追求美好生活的朴素愿望和社会理想。太仓没有"张家港精神""昆山之路""园区经验"那样以地域命名的精神，但也是中国土地上率先、提前实现小康的典型之一，而档案忠实记录了太仓小康社会的发展，见证太仓的小康历程，见证太仓人民生活的点滴变化。

　　从贫困到温饱再到小康，最直观的体现就是太仓人民的"买买买"。从"凭票购物"到网上"全球购"，从"28寸三角架"（自行车）到"四个轱辘"（小汽车），从纸短情长到智能手机……每一个变化都蕴藏着人们生活变迁中的诸多故事。如果说，太仓在贫困阶段的消费水平，是以热水瓶、搪瓷脸盆、铝锅为代表的话，温饱阶段则是以缝纫机、自行车、手表、收音机等所谓"三转一响"来衡量。到了小康阶段，则以彩电、洗衣机、空调等高档电器为代表。

1978年，中国还有数以亿计的绝对贫困人口，太仓人民还挣扎在温饱线上，"排队""凭票""缺货"是常见场景。改革开放的春风吹过太仓土地，太仓人民生活水平的提高也按下了"快进键"。20世纪80年代，自行车是主要交通工具，是家庭的重要财产，十分贵重。那时的自行车还是稀缺品，需要凭票购买。进入20世纪90年代，钱包鼓了的标志从自行车变成了摩托车。1991年，太仓登记有3525辆摩托车，但农村未登记的数量也不少。据调查，17%农民家庭有摩托车、轻摩、助动车和变速车。进入21世纪，有的家庭甚至每人一辆摩托车。

20世纪70年代新华街（太仓市档案馆馆藏）

20 世纪 80 年代北壕弄小商品市场（太仓市档案馆馆藏）

　　这时候，太仓人民的新宠变成了小轿车。2004 年，10% 农民家庭开上了自己的汽车，太仓进入"汽车时代"。发展到今天，小轿车早已进入寻常百姓家，公共自行车成了绿色出行新时尚。

　　现在，"吃喝玩乐购"只要一部手机就能轻松搞定。"新基建"热火朝天，5G 扑面而来。但是，在中华人民共和国成立后的很长一段时间里，主要的通信手段还是信件和电报，电话更是公家单位才有的"高级货"。直到 20 世纪 90 年代，固定电话才开始在太仓百姓家里普及。1991 年，太仓电话总数比 1985 年增长 13 倍。传呼机风靡太仓的大街小巷，每个时髦小青年腰间一定挂着一个传呼机。随着手机的出现，传呼机迅速淡出生活。2000 年，太仓移动电话用户达 63634 户，至 2004 年达 39 万户，增加了好几倍。

当年，彻夜排队只为买一袋大米、一斤猪肉的日子一去不复返。现在，想吃什么喝什么，手机上点个外卖，不出半小时就能送到手里。

太仓人在不经意的"买买买"中越过越好了。档案见证了太仓土地上这一切幸福的变化，不仅是翔实的数据，更是生动的图景。曾几何时，"楼上楼下，电灯电话"，是老一辈心中最美的畅想。如今，这样的"神仙日子"已成了现实。

"小康"这一美好的概念，从此被创造性地用来诠释中国现代化坐标上一个至关重要的阶段。2020年是全面建成小康社会的决胜之年，越到紧要关头，越要响鼓重锤、一鼓作气! 千年梦想，百年奋斗，今朝梦圆。告别贫困，走向富足，我们正向全面小康大步迈进。

档案里的城市成长史

孙晓霞

一张张古朴的照片，一封封泛黄的档案，诉说着历史长河中无法磨灭的故事。

光影留存，档案记录着城市发展的"高度"。旧日时光的珍贵影像，如同一个个忠实的记录者，镌刻着城市发展的点点滴滴。2012 年张家港市建立图片中心，至今共收录城市照片 40 万张。从 45 米高的张家港宾馆、104 米高的国泰大厦，到 148 米高的金茂大厦，再到 218 米高的汇金商务中心，张家港的城市高度在档案的记忆里不断被刷新，城市天际线被重新定义。不断更迭的"第一高"记录着城市筋骨强健的建设轨迹，"剧透"着张家港的未来。

时代变迁，档案见证着城市发展的速度。城市的精神源于它独特的发展记忆，"团结拼搏，负重奋进，自加压力，敢于争先"的"张家港精神"早已融入我们的血脉。档案就是通往时空隧道中的一个个台阶，镌刻了张家港人负重奋进的光辉足迹，承载着张家港人逆势而上的深厚情结。地区生产总值从 1978 年的 3.2 亿

2019 年沪通铁路跨江大桥场景

元增至 2019 年的 2547 亿元，张家港已然实现了从一穷二白的"边角料"到"明星城市"的蝶变。从张杨公路到启动快速环路和"十"字快速轴线，从"80 万把扫帚"到"160 万股力量"，从建设保税区到打造高铁新城，这些张家港城建史上的奇迹和丰碑，是"张家港精神"的有力见证。2020 年，通向港城的不仅是列车，更是新时代发展的步伐。

生活百态，档案守护着城市发展的"温度"。一个个家庭是见证张家港小康社会发展、港城人民生活点滴变化的最好证明。不同的人生、跌宕的命运交织在一起，汇聚成一个个平凡而伟大的"小康梦"。2009 年至今，张家港市家庭建档已达 1.5 万多户，培育了 500 多户家庭建档示范户，命名了一批"家庭档案馆"。在时光流转中捕捉生活的变化，家庭档案为港城普通家庭留住时间的印记，也许就是平凡人生活中的点点滴滴，成了触动心灵深处最简单的记忆。从双腿丈量到日行千里，从阡陌交通到互联互通，从见字如面到万物互联，从粗茶淡饭到美味佳肴，这些百姓"衣食住行"的微小变化，讲述着港城人民改变"小"家、繁荣"大"家的生活片段和鲜活故事。

物换星移，沧海桑田。档案定格城市的发展永不褪色；时光荏苒，岁月更迭，档案守候历史的记忆永不暗淡。万卷档案汇聚成张家港发展的辛勤史、荣誉史、记忆史，让一代代追梦人不忘初心、奋勇向前。

小村庄扛起大担当

唐红宇　虞科娜

在张家港经济技术开发区（杨舍镇）档案馆里，收藏着善港村扶贫工作的一张张珍贵照片。这些照片中，有村干部带领人民群众疏浚灌溉河渠、翻土复耕抛荒地的画面，还有展示百姓富裕、环境优美、乡风文明的明星村风采。一张张照片记录了一个个基层村党组织不忘初心、牢记使命，聚焦脱贫攻坚的动人故事。

十多年前，善港村还是一个远近闻名的贫困村，大片撂荒的农田，杂草丛生，环境脏乱差，违章搭建随处可见，河水黑臭、道路狭窄。

要想善港村脱贫致富，必须为村里配备一个强有力的领导班子。为此，市镇两级领导把目光投向了一位年轻的企业家——葛剑锋。当时，32 岁的葛剑锋年富力强，自己的企业搞得风生水起。

由于村里多年发不出工资，村干部情绪低落，工作积极性不高。为此，葛剑锋回村第一件事就是自掏腰包垫付了村里工作人员上一年的工资，赶走了大伙儿的"苦瓜脸"，换回村两委班子的精

气神。经过反复考察，结合善港实际，他决定走一条发展现代农业的脱贫致富路。

葛剑锋带领支部成员 7 天完成了 25.6 千米灌溉河渠的疏浚；10 天完成了 276 亩抛荒地的翻土复耕；30 天完成流转土地 2562 亩。春天来临，善港村种下 1000 亩有机水稻、特色蔬菜和 400 亩有机无花果，也种下了百姓脱贫致富的希望。3 年后，全村终于甩掉了"穷帽子"！

在发展农业的同时，葛剑锋凭借多年经营企业的经验，为善港村确定了"宜工则工、宜农则农、宜副则副、宜商则商"的发展道路。目前善港村已集聚各类企业 150 余家，同时还着力打造欧美中小企业集聚区。仅此一项，村里每年增收 1000 万元。

2013 年，葛剑锋又在村里开设有机农场，采用"互联网＋订

如今的善港村

单+基地+农户"模式，不仅强了村级经济，也富了百姓口袋，全村 200 多个闲散劳动力也在村办农场实现了就业。在经济发展的同时，善港村注重乡村文明建设，大力整治村容村貌，短短几年时间改变了村里脏乱差的状况。

自己脱贫致富后，善港村还先后结对帮扶陕西省安塞县沿河湾镇方塔村、侯沟门村和贵州沿河县高峰村、湖北咸丰县杨柳沟村、江西井冈山古城镇沃壤村、江苏睢宁县杜湖村。在结对帮扶的过程中，探索制定了《整村扶贫标准体系》，推进党建工作、管理制度建设、产业发展等方面的立体帮扶，扶贫成效显著。2017 年荣获江苏省脱贫致富攻坚奖，2018 年荣获全国脱贫攻坚奖创新奖。

为了更好地履行社会责任，善港村于 2018 年 5 月创办了善港农村干部学院，同年 9 月被国务院扶贫办正式批准为全国贫困村创业致富带头人培训基地，2019 年 3 月获批首批苏州市干部党性教育基地，2019 年 7 月获批江苏省党支部书记学院农村分院（苏州）。善港村在办好农村干部学院的基础上，又出资建设赵亚夫农业农村研究院，打造农业技术"智力库"，为培育创业致富带头人提供技术支撑。

家庭档案藏着人间大爱

丁耀琪

　　破旧的校舍，教室的屋顶透着光；窗户上没有一块玻璃，钉上去的尼龙纸被风切成条条块块；土坯铺的地面上因漏雨滴成了一个个凹坑；课桌是学生家带来的门板搭的，放寒假了，凳子全都搬回了学生家；几只大黑猪在操场的双杠边拱土。这是常熟市莫城管理区文化站原站长王金元在上个世纪末赴安徽泾县采风时拍摄到的画面。这些照片，也成为其最早的一批家庭档案。

　　解开一个个档案盒上细小的别针，捐款名单、汇款明细、受助学生来信、活动合影、援建学校图纸、《感恩》画册等，王金元如数家珍。一幅助学脱贫、共建小康的公益画卷徐徐展开……

　　在采风期间，王金元被文化战线同仁王直老人行善扶困、造福桑梓的助学善行所感动，被左英、汪溪、章央芬等新四军老战士难忘革命老区，寻找资助濒临失学女童的义举所震撼。1999年1月，怀揣着4000元钱（其中2400元为民营企业家出资），王金元正式走上了帮扶泾县困难学子、支援皖南山区教育事业的公益道路。

　　档案翻到 2005 年，王金元动员社会力量结对资助品学兼优的贫困学生。在王直，老人经过实地调查制成的贫困学生资助推荐表上，与之对应的是由王金元一家一家上门拜访联系到的爱心企业和个人资助记录。薄薄的一张推荐表静静地排列在档案中似乎未曾言语，但有太多人正是靠着它迈过困顿坎坷，翻开了人生新的篇章。

　　随手拈起一份档案，可能背后就藏着一个感人的故事：2006 年 1 月 10 日，王金元收到王直寄来的快递，里面只有一张资助推荐表，上面还特意关照道："这是泾县二中高二班主任骑摩托车从县城到孤峰冒雨送过来的，学生何云母亡父病。"王金元意识到这

王金元在资助金发放大会上发言

个快递背后的紧迫性,当即冒雨骑着电动车前往莫城最远的东湖村拜访初中同学——东湖化工厂厂长钱宝根。钱总看了沾湿的资助表,对他说:"何云我资助了,这孩子以后必有出息。你为别人家的孩子冒着风雨来找我,你感动了我。"

王金元归档的家庭档案记载了太多这样的故事:方正塑料包装杜宝飞,结对资助贫困学生5名,在台州商会和朋友圈动员23位爱心人士资助学生31名;中和贸易公司杨建辉、陈红琴夫妇,资助学生6名(已完成大学学业),新结对大一新生2名;精工电器元件马小明资助学生4名,动员儿子、儿媳、孙子资助学生各1名。王曦先生资助学生4名,发动25位爱心人士资助学生28名……莫城燕巷村党支部书记宋招兴,不仅资助学生,还设立奖学金,出资修建留守儿童广场;原常熟市平方五金公司平雪明先生,先后资助了7名学生,前年冬天因患癌症去世,去世前还牵挂着助教中心,委托家人汇款15000元,支持王直老人开办的国学教育。

"大山里有一条小路/曲曲弯弯/小路上走来了/一个瘦小的女孩……锣鼓声敲出了/山村的风采/花喜鹊衔来了/高考的喜报……在阳光中走向世界……"这首由王金元作词作曲的《小路》,道出了他对山村贫困学生的殷殷期盼和由衷祝福。助学20余载,往返安徽泾县50余次,王金元直接或间接发动231名社会善士资助学生336人,累计资助金额440.6万元(不包含资助人额外赠予学生的钱物),有118名受助学生大学毕业,其中有20名研究生、4名博士生和1名博士后。在档案橱一隅,叠放着一批实物档案:江苏省"关爱女孩十大新闻人物"、安徽宣城市"关心下一代突出贡献奖"……

王金元真实记录了许多受助学生年少求学、立业成家、回馈社会的成长历程，是常熟及周边各市县人民先富带动后富、全面建设小康的缩影和见证。他的家庭档案无关"小家"，却藏有"大爱"。该批档案先后荣获苏州市和江苏省最美家庭档案，其本人选送的多张珍贵老照片也被常熟市档案馆录用并获奖。

地税数据见证"苏州奇迹"

陈志新

  档案里少不了数据，数据是科学统计得出的结果，客观反映事物量的变化。地方税收数据却不仅仅是一串串字符，还反映了苏州经济社会的发展变化，从一个侧面印证了张家港、昆山、苏州工业园区拼搏奋斗的历程与"三大法宝"的形成。

  1992 年，邓小平南方谈话发表后，苏州各地掀起了发展热潮。张家港拼抢到了全国第一个长江内河港口开发权和第一家内河港型保税区。同年，昆山自费创办开发区得到中央肯定，昆山经济开发区跻身"国字号"开发区之列。1994 年，借鉴新加坡经验建设的苏州工业园区正式成立。苏州的发展就此快速起步，"三大法宝"应时而生。

  税收是经济的"晴雨表"，也是发展的"亲历者"。1994 年，随着国家分税制改革，苏州市地税机构分设成立。2018 年，根据党中央深化国税地税征管体制改革部署，苏州市国税、地税机构合并。这短短的 20 多年，是"三大法宝"形成和发展的重要时期，也是苏州地税人筚路蓝缕、艰苦创业、不断进取的时期。这一时期，苏州地税收入大幅增长，有力地支持了地方经济发展和社会建设，地方税收数据更是见证了"三大法宝"引领发展跑出的"加速度"。

1994 年到 2017 年，苏州全市地税收入从 118965 万元增长到 9337349 万元，增长了约 78 倍，而同期张家港、昆山和苏州工业园区地税收入从 10657 万元、10254 万元、665 万元分别增长到 1204860 万元、1657170 万元、1794411 万元，分别增长了约 113 倍、162 倍、2698 倍，远远超过全市地税平均收入增幅。税源需要经济支撑，经济需要发展造就。"三大法宝"在敢闯敢试、你追我赶的火热实践中形成，也引领着三地砥砺奋进、一往无前，书写

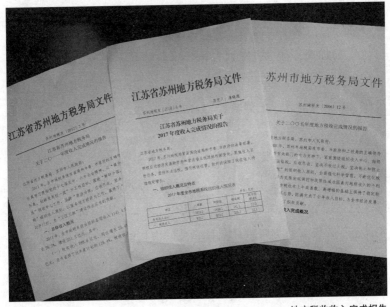

地方税收收入完成报告

了赶超先进的传奇篇章！

我们的目光不由得转向档案中张家港、昆山、苏州工业园区华丽蝶变的过程，重温改革开放进程中三地走过的"激情燃烧的岁月"和取得的成就。

先看档案中的张家港。张家港自 2005 年至 2018 年连续 14 年位居全国县域经济百强榜前三名，成为全国目前唯一获得全国文明城市"五连冠"的县级市，先后获得 200 多项国家级荣誉称号。

再看档案中的昆山。昆山大力实施外向型带动战略，引进第一家台资企业——沪士电子（昆山）有限公司，外资逐渐成为昆山经济及税源增长的主要动力，经济实现了"大转强"的战略性突破，产业实现了"昆山加工""昆山制造"向"昆山创造"的跃升。多年来，昆山位居全国百强县第一。

最后看档案中的苏州工业园区。园区以"借鉴、创新、圆融、共赢"为理念，按照"规划先行"思路编制完成了 278 平方千米总体规划，发生了翻天覆地的变化。截至 2018 年，园区累计上缴税收 8000 多亿元，已经连续三年居国家级经济开发区综合考评第一名。

"三大法宝"点燃了苏州各个板块干事创业的"熊熊烈火"，带动各地竞相争先，创造了令人瞩目的"苏州奇迹"。如今，苏州税收收入总量已经位居全国地级市第一位、大中城市第五位。一年又一年的税收数据将继续见证奋斗的历程！

真诚援建　档案留痕

朱梦亭

　　吴江区与西藏林周、四川绵竹、贵州印江等地都建立了对口援助关系，援建中形成了种类丰富的援建档案，记录了对口帮扶中的感人至深的人物和事迹。

　　庙港建筑有限公司有一座奖杯，是公司承建兴隆卫生院获得的"天府杯"银奖。这座奖杯是对公司在工程建设上专业的肯定，也是吴江支援绵竹灾后建设的见证。

　　2008 年 5 月 12 日汶川发生地震后，吴江市对口援

庙港建筑有限公司获得的"天府杯"银奖

吴江市对口援建兴隆镇工作现场指挥组

建兴隆镇。为迅速开展援建工作，立即成立了由高建民、梅雪荣、龚银生、周长吉、宗康、沈春伟组成的现场指挥组，并制订《吴江市对口绵竹市兴隆镇地震灾后恢复重建工作计划》。两年里，援建人员实行"5+2""白＋黑"的工作法，全身心扑在工地上。至2010年7月，兴隆镇自来水厂、兴隆镇卫生院、兴隆幼儿园等十余个项目全部完工并投用。

震后12年间，绵竹与吴江都发生了翻天覆地的变化，两地的友谊也更加持久深远。

在吴江区档案馆，有一面来自西藏的锦旗，是普布赠送给范建坤的。1995年，苏州与林周建立对口帮扶关系，时任吴江市委副书记的范建坤作为首批援藏干部到林周工作。他尤其注重教育，提出援建"苏州小学"，帮扶贫困学生，资助家境贫困的普布完成了大学梦。

"再苦不能苦孩子，再穷不能穷教育"。教育扶贫能够全方位提升人员文化素养和技能水平，为扶贫攻坚的推进打下基础。

2000 年，震泽的杨宗贤、蒋璟夫妇捐赠 20 万元，在林周建造希望小学。2004 年，林周县吴江市人民教育基金会成立。2018 年，苏州与林周县共同签订骨干教师培育站框架协议，共同培养年轻骨干教师，提升教师专业素养和教学水平。

这面锦旗是西藏小伙普布对范建坤表达的感谢之情，也是林周对吴江的感谢之情，展现了两地在教育事业上的共同发展与进步。

吴江区卫健委有一张表格，是吴江到印江医疗援助的名单。

吴江援黔医疗队在印江开展义诊

从 2016 年开始，为落实"三百工程"，江苏盛泽医院、吴江区第一人民医院、吴江区中医院等纷纷派出医生前往印江开展医疗帮扶。沈海根、吴巧珍、叶福龙、吕弘道、王利明、茅惠群……近50 名医生从吴江到印江，谱写了"两江"杏林的一段佳话。时任江苏盛泽医院医务部主任夏正在退休前夕，申请援黔，挂职印江县人民医院副院长，并主动延长在黔时间，带领了 6 批次医生开展工作，积极组织下乡义诊。吴江的医疗帮扶从捐款捐物，到技术指导和医疗观念的更新，带动了印江医疗环境整体改善。

吴江上百名干部赴西藏、新疆、青海、四川、陕西、贵州等地开展支援，为这些地区的"小康"之路贡献了吴江力量。这一件件援建档案不仅记录了援建的全过程，也展现了两地人民群众结下的深厚情谊。

常熟服装城的成长记忆

朱紫怡

    母亲在常熟服装城工作，选一个风和日丽的日子，我与母亲来到常熟市档案馆，追寻常熟服装城的前世今生。档案中一个个熟悉的关键词，一张张图片，串起了服装城的成长史。

    "机杼之声不绝，穿梭之音绵延"，常熟的富民产业便是纺织服装。当改革开放的春风吹来，以务农为主的百姓萌生了新思路，抓住了新机遇，开辟出新道路。他们跳出单一的经济框架，探索出利用服装和针织品驱动常熟经济发展的新模式。于是，服装的生产与销售促成了"马路市场"的形成，那个曾经名为"琴南乡"的宁静小镇变得热闹而有活力。老照片中，整齐排列在小路两边的摊位上，摊主或单手托下颔思考，或东张西望盼着来客，或站立着叫卖，或前倾着身体与顾客交谈。来往的人群中有货比三家的，也有三五成群仔细倾听的……熙熙攘攘，人头攒动，或许这就是如今的夜经济雏形吧。

    为保证市场有序与交通安全，1985 年，常熟市经济委员会《关于同意建办常熟市招商场的批复》应时而生。由此，在长途汽车站的南侧新立起了两座占地 1500 平方米、坐拥 400 个水泥摊位的玻璃大棚，这颇具规模的"大棚市场"便是早期的服装城。市场内有序的摊位、高挂的大红横幅、色彩多样的服装、热情好客的店主、认真挑选的顾客……彩色照片里的大棚市场有滋有味，充满生命力。另有几张照片展示了物资寄存处、招商场饭店、供销经理部，市场经营上了一定的规模。

接下来的 4 年里，招商场始终步伐坚挺、稳稳向前。十三国记者采访团前来参观，《人民日报》等国内各大报纸杂志上也留下了它的身影。

20 世纪 90 年代的招商场几经扩建，市场面积翻了几番，占地达 66667 平方米。照片档案中，原一区大棚于 1989 年被拆除，

1987 年，十三国记者采访团来场参观采访

2000 年 11 月 15 日，首届服装博览会开幕

工程师手执文件实地考察，工人们头戴安全帽手推水泥车忙碌地投入新大楼的建设……招商场在辞旧迎新中破茧成蝶，"商厦市场"成了它的新名片。一张人物合影让人印象深刻，中间那位白发苍苍、笑逐颜开的老人是全国人大常委会原副委员长费孝通先生，他曾 3 次来招商场视察。

跨入千禧年，首届中国江苏（常熟）服装服饰博览会于 2000年 11 月开幕，在各级领导、中外宾客 800 多人的注视下，招商场走向更广阔的舞台。2008 年，招商场再次更名，更名为江苏常熟服装城。

如今的常熟服装城，是一座集服装服饰、床上用品、布匹、鞋类、小商品及五金电器等 35 个专业市场于一体的新兴小城。

不论是独立的设计师平台、国际化的购物体验馆，还是原创女装的归属地、新青年的摇篮，都诠释着服装城的快速成长。它已从国内走向国外，从线下走到线上，从传统迈向现代。互联网时代，信息技术革命的当下，服装城形成了融合电商直播、跨境电商服务、智能制造、时尚文创于一体的新业态。

幼时对常熟服装城的记忆碎片因这次查档而串联完整。从机杼到机器，这是技术的创新；从实体店到网店，这是规模的创新；从叫卖到直播，这是方式的创新。从 20 世纪 80 年代到 21 世纪的今天，常熟服装城一直奔走在奋斗与创新的道路上，不变的是那份奔跑在小康路上的坚韧与初心、毅力与信心。

老照片见证"好孩子"成长

马　萍　徐　同

　　从 20 世纪 80 年代以来，昆山走过了一条"农转工、内转外、散转聚、低转高、大转强"的创新发展之路，创造了诸多"第一"，而这背后是昆山人"敢为人先"的魄力与精神。从"唯实、扬长、奋斗"到"艰苦创业、勇于创新、争先创优"，到"敢于争第一、勇于创唯一"，再到"忠诚、担当、落实、创新、清正"，"昆山之路"精神既一脉相承，又不断丰富提升。

　　在昆山市档案馆保存的诸多老照片，也见证了昆山各行各业的发展变化，其中有一张拍摄于 1993 年：黑色铁门镶嵌在两堵低矮的白墙中间，墙上挂着"好孩子"字样的标牌，这记录了"好孩子"集团创始人宋郑还当年为负债累累的校办工厂新修铁门的场景。同样在馆藏图片库中，"好孩子"有另外一张照片，这是位于沪宁高速花桥收费站附近的好孩子集团总部大楼。近 30 年内，一个校办企业不断转型、不断发展，敢为人先、敢于创新，逐步成长为一座崭新的婴童帝国。这也正是"昆山之路"精神的一个缩影。

1993 年，校办工厂铁门

　　"好孩子"的前身是陆家中学校办工厂信艺模具厂。1988 年，工厂投资微波炉项目失败，濒临倒闭，只能依靠来料加工艰难度日，工人好几个月发不出工资。当时的教育局领导找到陆家中学最年轻的副校长宋郑还，要他想办法扭转工厂的经营状况。临危受命，在第一次员工会上，宋郑还在黑板上写下"我是第一，因为我可以是第一"。面对工人们迷茫的眼神，他坚定地"要做世界上没有的产品"。没有技术、没有资料、没有资金，他靠自己的智慧，发明了全球首款集推、摇于一体的两功能婴儿车。在宋庆龄基金会举办的全国母婴用品博览会上，他转让了这款产品的专利，拿到 4 万元。拿到钱后，他并没有急着还债，而是给工厂修建了一个大门，让大家对工厂的未来充满信心。

　　之后，宋郑还带着团队潜心研究，不断翻查资料，夜以继日地进行实验，很快，集推、摇、躺、学步四功能于一身的婴儿车诞生了。有企业出资 15 万元购买这个专利，最后一刻，宋郑还动摇了，决定自己生产制造这款产品。在千辛万苦凑齐启动资金后，这辆拥有四项功能能够一直陪伴孩子到十岁的婴儿车，一炮走红，好孩子集团由此创立。

然而，随着产品的推出，仿造品也大量涌现。"我们不怕仿造者"，宋郑还说，"'好孩子'的口号是自己打倒自己，坚持原创，你仿造了第一代，我们第二代、第三代跟着就出来，你永远在后面。"如今，靠着创新驱动，"好孩子"在国际化征程中拿奖无数：红点设计 IF 金奖、中国专利金奖，以及中国优秀工业设计奖等，并创造了世界上第一辆折叠最小的婴儿车、第一辆碳纤维婴儿车、第一台防止儿童被遗忘在车内的智能汽车安全座椅、第一辆在任

好孩子集团总部

何路面推行都能如履平地的智能婴儿车，引领了行业创新方向。

出类拔萃的品质带来了产品销量上的奇迹。"好孩子"婴儿车连续 10 余年蝉联全球销量冠军，畅销欧美高端市场 20 多年。近些年来，好孩子集团着力于在全球进行资源配置和战略落地，公司的品牌经营中心建在德国，总部和供应链中心在中国，融资和法务中心在香港，七大研发中心分布在欧美亚，大数据中心在捷克。

逐梦 30 余载，随着昆山共同成长的"好孩子"已站到而立之年的新起点上，也有了更大的理想——建设"好孩子"全球育儿生态圈，实现发展动能转换、商业模式转型、企业价值的升华。用安全易用、充满爱心的产品，为孩子们营造健康快乐的成长环境。

祝甸村古窑"凤凰涅槃"

李艳 苏晔

　　在昆山市档案馆历史文化展厅内，有两件珍贵而朴实的展品，那就是江苏省级非遗项目——古砖瓦制作技艺传承人丁惟建制作的金砖，展板上还有关于这项非遗的图文介绍。

　　丁惟建制作的金砖，不仅是一块砖瓦的故事，也是一座窑的故事，更是一群人的故事。在昆山锦溪镇祝甸村东侧，有着500多年历史的古窑群静静地伫立着。火光中，一代又一代砖瓦制作人用传统的手艺，完成了从泥土到砖瓦的塑造，写就了用火与土

御窑金砖

119

淬炼的传奇。如今，凤凰涅槃，这些古窑以另一种形式，淬炼出生生不息的文化之光。

"我是 1985 年开始烧窑的，这是祖祖辈辈传下来的手艺。以前，我们村成年男子几乎人人都会制作砖瓦和烧窑，我们这里最有名的就是金砖。"祝甸村 63 岁的村民陈金月说，古窑有大、中、小三种，窑炉均为砖土结构，穹隆顶，窑由窑棚、烧坑、窑道、火膛、窑床、排烟道、蓄水坑、渗水池等组成。烧制砖瓦主要有 8 道流程：取土、练泥、制坯、阴干、装窑、烧窑、窨水、出窑。烧制普通砖瓦，需要 15 天左右，烧一窑金砖，则需要 130 天左右。

"传说中的叩之有声、断之无孔，说的就是我们这里产的金砖。这种砖是皇家用来铺地的，冬暖夏凉，在当时有'一两黄金一块砖'的说法。"63 岁的村民徐阿林说，他是 1986 年开始烧窑的，烧窑时火候的把握最为关键。烧窑师傅要掌握坯性、窑性、气候性和燃料性，把握砖瓦由"生"到"熟"的进程。如果火候不到，烧制的砖瓦不牢固；如果火候太过，砖瓦已变形，一窑砖瓦就要报废。火势的掌控，火窗、烟梗、天脐封闭的时间，全凭日积月累的经验。

祝甸古窑群始建于清代。清初时，村边长白荡沿岸建有 38 座窑。至清末时，祝甸村窑墩密布，家家户户从事窑业生产及运销，为远近闻名的"砖瓦之乡"。20 世纪 90 年代后，窑逐渐停烧。2004 年，锦溪镇将古老而独特的祝甸窑址列入古镇保护规划。如今，祝甸古窑群尚存 11 座窑，有单窑、双窑、子母窑，是江南地区仅存的一处砖窑遗址，2006 年祝甸古窑遗址被列为江苏省文物保护单位。2009 年，锦溪镇对祝甸古窑作了系统性修缮和抢救，

祝甸砖窑文化馆（唐凤元摄）

还原江南古窑的原貌。

　　2015年，位于祝甸村的砖瓦四厂轮窑改造项目得到中国工程院崔恺院士的支持，通过"微整形"，把废弃砖瓦厂改建为"祝甸砖窑文化馆"，并获得2016年"全国优秀田园建筑实例一等奖"。祝甸砖窑文化馆唤醒了江南古老的砖窑文化记忆，让古窑焕发新生。如今来到祝甸古窑，不仅可以寻觅古窑遗址，感受旧时古窑的风貌，还可以在古窑文化园里感受砖窑的魅力。一块块砖窑瓦片，记录着时代的印记。"现在我们村里的环境好了，出外工作的村民也纷纷回村翻建旧宅。"陈金月和徐阿林说。

　　"我们通过对废弃砖窑进行改造和创新，进一步弘扬了地方砖窑特色文化，激发了祝甸村创业创新的生命力，让古砖窑文化以新的形式走入人们的心中。"朱浜村村委会工作人员黄冬说，去年祝甸砖窑文化馆共接待参观学习人员、游客 10 万余人，21 间民宿营收 400 万元，咖啡厅营收 40 万元，并带动 20 多名村民就业，还定期举办"金砖水乡"乡村集市，让百姓在家门口实现致富梦。

你是否还记得"船浪人"

钱国珍

"推艄，扳艄，你个小娘头，教了你多少遍，船橹要抓牢，橹绳要绑紧，不要松！"姆妈一遍遍地教着 8 岁的素英怎样摇船，她却怎么学都不得要领，"橹人头"与橹槽总是"脱骱"。小船像个调皮的娃娃，只受姆妈的掌控，穿梭在河道里，泛起阵阵水波，姆妈双脚右前左后，推艄右脚用力，扳艄左脚支撑，一推一扳，协调有力。姆妈与世世代代人们口中的"船浪人"（船上人）一样，以渔业为生，摇船是他们的基本功。

20 世纪 30 年代，甪直镇的渔民如他们的祖辈一样以船为家，穿梭在苏州、昆山及周边城市的水面，他们用丝网捕小鱼，滚钓钓大鱼，还在沿岸放黄鳝笼子。这些人每天吃睡都在船上，天不亮就撒丝网，把鱼饵滚钓送入水中，静静等待着大鱼上钩。民间传说，渔民原本是"河盗"，后来以渔业为生，他们还有"网鬼"这个绰号。

中华人民共和国成立后，渔民迎来新生。20 世纪 50 年代后

渔业村旧貌

期，渔业大队成立，角直镇建成渔业村，两米宽的红砖路将一排排的宿舍分割成"田字格"，横纵排列，井然有序，共8排4纵100多间，每间有前后两开间。渔民们结束了四处漂泊、四海为家的日子。

20世纪70年代，渔业村有了自己的砖瓦厂、织布厂和学校。年轻人不再出船捕鱼，他们进厂拿工资，从渔民转变成了工人，按月领工资。当时的农村社办厂不算多，渔业村算是领头羊，订单像雪片一样从苏州、上海飞来，工人们日以继夜地干。红红的砖头从窑厂里一批批送到码头，用"铁泊子"一船船运走；一卷卷的布匹白坯装在20多吨的机帆船上，驶过吴淞江、金鸡湖，送到苏州的印染厂，村民的腰包也鼓起来了。村里公办学校的开设让孩子们不用东奔西走地去邻村"蹭课"，他们有了家门口的学校，大队里还"承包"九年制的学杂费。村里通上水泥板路，骑自行车渐渐代替了摇船上街。摆渡船被大桥替代，汽车可以直接开到村里。此时，胆大的人谋划着走出渔业村，他们先后在镇上办起了自己的工厂、饭馆、服装店、百货店。从"村里人"转变为"街上人"，他们赚了钱，在镇上买了两居室，孩子也到镇上小学接受更好的教育，高中生、大学生逐年递增。渔业村寂寞了，只有一些老人和留守的渔民还在继续以捕鱼为生，河滩边停留的木船上，年长的姆妈在梳理着滚钓、丝网，已然成为一道怀旧风景线。

甫淞苑安置小区

2003 年，用直镇实施并村建社政策，渔业村与张巷村、地园村合三为一，成立甫里社区。社保养老保险的健全，体现了政府对居民生活的保障。每年的尊老金、养老金等各项补助，让老人们由衷地称赞政府的惠民政策。

　　2007 年，渔民们又迎来惠民新政策——渔民上岸安置，结束蜷缩着双腿盘坐在一米宽船舱里生活的历史。用直镇政府划拨淞南村 103 亩农田作为渔民安置房建房用地，40 幢 5 层楼的洋房拔地而起，349 户渔民、近 1400 人得到安置。渔民，成为了真正的"岸浪人"。

　　2013 年"甫淞苑"建成了，一件件档案见证了渔民的幸福生活：从拿到批复到开建，从制定安置方案到村民拿到钥匙，至社区全权代理村民办理土地、不动产登记等事宜。当村民们手捧"红本本"，社区工作人员比他们还要激动和兴奋，产证上的印刷字鲜明地证实"不忘初心、牢记使命"的服务宗旨，"船浪人"成为一段历史。

蜿蜒娄江见证昆山美丽蝶变

丁　燕　徐　琳

　　正阳门，古代是昆山县城的正南门，现在这里已经是城市中心了。正阳门虽已拆去，但是正阳桥还在。由于要适应城市扩建、人口和车辆增多的新形势，正阳桥面不知改建了多少次，如今已经是一座坚固又宽阔的大桥了。

　　正阳桥下，就是娄江。秦朝时昆山叫娄县，即以娄江命名。三国时期东吴大将陆逊曾封为娄侯，成为这里的父母官。南梁大同三年（536），娄县改名昆山县，而娄江就是昆山的母亲河。太湖当年的出海口主要是刘家港，娄江对昆山和苏州的影响是很大的。海运船带着各地甚至国外的特产，经过太仓、昆山，来到苏州，又从苏州、昆山载了各种特产驶向远方。娄江就是一条沟通了苏州城、昆山与海洋的"脐带"。

　　作为苏州的水上动脉，娄江哺育了江边的城镇，也见证了它的发展。娄江原来有条纤道，一直通到苏州，大约到 20 世纪 90年代才彻底消失。中华人民共和国成立后，昆山人在娄江边种植了许多树。走在 312 国道上，河路并行，娄江河水清亮亮的，不时有船经过，卷起浪花，刷到岸堤。岸上绿树挺拔如屏，娄江南岸稻田一望无际，景色优美。

翻开昆山市档案馆馆藏老照片，有一张当年开河的照片。原来的娄江并没有现在这么宽、这么直，堤防也不完善。1977 年至1979 年间，昆山组织大量人力物力，拓浚新娄江。拓浚工程分四期进行，组织了 4 万多人开河，可以说是当时昆山最大的工程，这才有了今天娄江的模样，也奠定了昆山中心城市的架构。为纪念

1978 年，娄江开河工程现场（昆山市档案馆馆藏）

娄江滨江景观带（王伟明摄，昆山市档案馆馆藏）

娄江整治工程，当时指挥部曾刻石碑，简记整治过程，置放于夏驾河口西侧水底。

2006年娄江封航后，被列为2008年政府重点工程的环城滨江景观带工程正式启动。娄江景观带变成了昆山的新标志性景观之一，成为昆山市河道景观改造的扛鼎之作。景观带内草木繁密，错落有致，历史文化景观墙，形象生动，古色古香的木质走道，让人回归自然。

沿着娄江向东，能看东大桥西北角的震川园。这里是昆山"三贤"之一，昆山籍明代散文家、古文家——归有光的衣冠冢墓园。园门口有一尊归有光雕塑，目视远方，神情泰然自若。园内中央位置则竖有一面写有"项脊轩志"全文的墙体，并设归有光静坐的雕塑。

为了建设具有水乡特色的绿化体系，昆山在娄江北侧震川路2千米长的临江绿化带基础上，还对娄江南岸进行大规模的拆屋筑路建绿工程，投资近千万元，建成了两绿夹江、两路夹江、绿树成荫的优美环境。

　　每当夜幕降临，娄江景观带上华美的灯光倒映在河中。越来越多的市民来到这里，或沿木质走道散步，或坐在岸边看着波光粼粼的河面，感受这座城市的慢生活，放松心情。

　　如今站在娄江边，虽已看不到船只往来穿梭，纤道也随着城市的发展消失在历史的烟云中，但河两岸的城区日新月异，引领着人们的想象力。热爱这座城市的人们还在继续用手机和相机，记录着母亲河的变化，见证着她的每一次蝶变。

档案见证常熟百姓生活奔小康

张滨彦

　　档案是记录人类历史的重要载体。从商周时期的甲骨档案、金文档案到如今的纸质档案、电子档案，档案形式的发展体现着社会生产力的发展。常熟城市展示馆一件件形式各异的档案，见证着这个城市的演变发展，也见证着人们一步步实现小康梦想的奋斗历程。

　　在常熟城市展示馆里，循环播放着翁同龢五世孙翁万戈于1948 年拍摄的纪录片，记录了 70 多年前常熟的市井生活和乡村风貌。纪录片中，脊背黝黑的农民挑着担子走在乡间的泥泞道路上，为一家生计而操持；城内青石板铺成的小道两侧，家家户户洗衣淘米做饭，过着各自的人生。岁月逝去，人也在老去，万事万物俱在变更，不变的是存在于记忆中的那一条条小道，或泥泞或布满青苔，回忆起来都是岁月的味道。

　　父亲曾和我聊起年少时的经历，那时的交通有诸多不便，若有事进城要花上不少时间。进城只能走水路，爷爷划着船慢悠悠

钱松嵒先生画作《岁岁常熟丰收田》

地载着他和叔叔，半天才能从常熟乡下去到城里。城市里没有现在随处可见的高楼大厦和柏油马路，新世纪大道在那时还是一片农田。父亲的描述让我对那样的悠闲生活产生些许憧憬，我不禁想起城市展示馆中钱松嵒先生的画作《岁岁常熟丰收田》，画上平畴千里的水田是江南常见美景，画中央的河流从这一头流向远方，河上缀着几点白帆。我想，父亲年少时也曾走过这样的水路，也坐过这样的小舟，见过这样的美景。

然而景色虽美，却抵不过舟车劳顿，赶路的人们是无暇欣赏的。但在21世纪的今天，常熟的交通路网系统日新月异、通达便捷，公交优先战略的大力实施保障了市民的便捷出行。人们可以乘坐城乡公交，花上两块钱和一个多小时就能到达市中心。城市展示馆中陈列的场站建设、智能车辆、电子站牌现在已成为常熟公交系统至关重要的一部分，这使得常熟市民深受益处。

随着城乡居民的收入水平稳步提升，添置汽车改善生活品质的意愿愈加强烈。常熟也加大了对道路交通基础设施的投资力度，昭文路、昆承高架等一系列项目的建成通车拉近了城区与乡镇的距离。如今，常熟全市已基本形成高架网络，在全国同类城市中遥遥领先，成为全国首批畅通工程模范管理城市。高架路网模型和相关影像档案，是常熟迎来大城时代的最佳写照。

如今，常熟迎来了高铁时代。今年7月1日常熟站建成通车，自此从常熟到苏州只需30分钟，到南京2个小时，到上海1个小时，到北京也只要5个小时。常熟的交通能级大大提升，"两个一小时，四个半小时"的交通圈实现全域覆盖。世界每个角落，和我们都不再遥远。

改革开放以来，常熟人民的物质生活得到了极大满足，生活质量也不断提高，这从最基础的交通出行就能得到体现。城市展

高铁常熟站

示馆作为一种特殊的档案展示形式，见证着一个时代的发展，也见证了常熟人民从贫穷走向小康的历程。走进城市展示馆，犹如翻开一篇"活"档案，里面一张张珍贵的老照片，一件件具有年代感的文件，都是人民为美好生活而奋斗的佐证。

从土地"分合"看农村小康

金　波

　　编史修志，离不开档案。回顾 20 多年的编志生涯，跑得最多的地方就是档案馆。档案馆里许多文字、图表、照片等档案文献真实可靠，全面客观反映一个地区与单位的发展变化，及其相关人物、事件。最近几次查阅档案时，我特别关注到农村土地"分合"变化，它从一个侧面反映了探索农村经济体制改革的路子，印证了农民奔跑在小康路上的生活。

　　1983 年，吴县渡村乡牛桥村全面推行家庭联产承包责任制，按照"人口分口粮田、劳力分责任田、生猪定饲料田"要求，把集体的 2400 余亩土地全部"分"了，包干到户，档案里有每户分"三田"的具体数据。另有文字记载村民谢阿狗分田后的感受：田分了，心里舒畅了，劲头更大了，头年分田种的水稻亩产 1200 斤，家里粮食盛不下，除去留的口粮把余粮全卖给国家了。1998 年，为稳定和完善农村土地承包关系，牛桥村给 638 户村民发放土地承包权经营证书，村民受到鼓励，放心大胆地干。今日有了土地承包权和经营权，连三顿粥饭吃着也觉得更香了。可见推行农村经济体制改革，多么顺民意，得人心。

2006年3月，吴中区横泾街道上林村180户村民以承包土地240亩（经营权）作价出资（每亩土地5000元），自主联合，民主管理，组成土地股份合作社。档案中发现，由江苏省颁发的第一张"上林村土地股份合作社"营业执照（注册资金120万元）。上林村自土地改革以来，又一次把"分"了的土地"合"起来，通过合作经营，提高农业产业化和农民组织化程度，促进农民增加收入。一张张村民领取土地股份分红的照片足以充分说明。上林村有位爱唱山歌的老阿嫂，自编自唱道："土地入股地生金，农民成了股权人，年年分红增收入，小康生活喜盈盈。"

1983年实行家庭联产承包责任制，是一个"分"字；后来推行农户承包地流转，发展农业适度规模经营，探索社区股份合作、

美丽上林（毛春宝摄）

农民专业合作、土地股份合作为"三大合作",改写成一个"合"字。农民经营的土地"分"也好,"合"也罢,不变的是年年增产增收。

2017年,我为木渎镇编纂《灵岩村志》,查档中收集到灵岩村、谢巷村(后两村合并为灵岩村)失地农民的有关资料。2003年,两村土地均被吴中区人民政府征(使)用,村民按规定享受征地补偿金,每人每月可领取50至120元不等。至2005年8月,凡达到退休年龄的村民全部纳入社会保障系统。其中1216名失地村民由农村养老保险转为城镇职工养老保险。

档案真实地反映了农村土地的"分分合合",以及吴中区农民小康生活的历程。生活在进行,档案在记录,明天会更好。

档案带我重忆芳华

刘书贤

2019 年党支部对所有党员的组织档案进行扫描、整理、归档，我的组织档案远在千里之外的河南老家，于是我联系到了我之前的学生们，请他们帮忙，带着支部为我开具的相关证明材料到组织档案所在地办理档案扫描，我的学生们在拿到扫描件后第一时间发给了我，我打开我的组织档案，看到我泛黄的入党申请书，勾起了我对过往满满的回忆。

我出生于 1949 年，与共和国同年诞生的这个巧合是我一直引以为豪的事情。从小时候的苦日子，到长大后成为一名人民教师，然后加入中国共产党，到现在退休在家的日子。这本泛黄的入党志愿书让当初的生活和工作像电影一样在我脑海中自动播放。

改革开放前，我们国家一穷二白，百废待兴，亿万人民基本上处于难以解决温饱的年代。那时识字的人少，因为没有钱去上学读书。而在 1966 年开始的一段特殊时期，许多图书和唱片被销毁了，我当时在河南省桐柏县第一中学上高中，当时的画面到现

刘书贤首任民办老师时所上课的教室

在还印在我的脑海中，无法忘却。直到 1969 年，当时的学制规定是小学 5 年，初中和高中都是 2 年，大专 2 年，本科 3 年以上，复课之后，中学开设的物理学科叫"机械"，化学学科叫"化工"。

我在高中时期被迫辍学，回乡务农。1971 年我被大队录用，在我们村当民办教师。当时生产队长在村里找了两间无人居住的闲置草房，周围杂草一米多高，房顶的茅草也因为风吹雨淋搞得很乱，室内黑暗，地面坑坑洼洼，墙跟还有一些老鼠洞，还有令人作呕的发霉气味。当时队长派两个人，先收拾房顶，再补老鼠洞，再用土块垒课桌，垒好后用泥巴抹平晾干备用。一块黑油漆的木板钉在墙上就是黑板，学生上课自带板凳。那时也没有电，天色阴暗时学生们就把自己的板凳搬到门口或窗口当书桌，然后坐在地上看书写字。当时的条件太简陋了，但对于这群天真烂漫，有旺盛求知欲的孩子来说感觉很新奇，也很珍惜这来之不易的学习机会。当时和我们村相邻的一个村子有一个大一点的学校，条件要好得多，有小学 5 个年级，初中 2 个年级。相比之下，那个学校大，学生多，教室都是半旧的砖瓦房。因为没有电，学校不上早晚自习，老师要开会就等放学后在教室点上蜡烛进行。那时没有自来水，校院内有一个土井，需要站在井边摇动辘轳才能打上水来。一个不大的露天厕所，人很拥挤，要排长队，有的学生无奈就到学校附近的厕所方便。那时上下课都是敲钟鸣示，学校有一个小座钟，校工就按照它的时间来敲钟。他很钻研敬业，敲钟声响节奏独特，所以在学校内外，一听到声音就能分辨出是上课、下课、预备或集合的钟声。

到了 20 世纪 80 年代改革开放后，我国的经济条件逐步好转，人民的温饱问题逐步得到解决，学生增多，学校规模逐步扩大，条件逐步得到改善。当时我被调到了河南省南召县城郊初中任教，这个学校比较大，从初一到初二都是 5 个班，1986 年后增加初三年级，全校共 15 个班级。这个学校还给每个老师安排了一个 8 平米的住房，我老公和我都在这个学校任教，所以给我们分了有两个房间的房子。教师住房、学生教室、学生宿舍和食堂的面积都比较大，学校也有了电，要上早晚自习，但当时还是用的灯泡，亮度不高，还经常烧坏。学校还没有通自来水，学校就买了一个潜水泵抽井水供全校师生使用。那时学校食堂做的都是稀饭和馒头，没有炒菜，学生都是自带咸菜配饭吃。学校也因为财力有限，

140

买不起物理、化学、生物三学科的实验器材，所以老师也只能讲实验，让学生慢慢领会掌握。1984 年，由于生物课被纳入高考科目，我很幸运去了河南信阳师范学院进修学习，终于圆了我的大学梦。

1986 年国家规定了小学 6 个年级，初中和高中都是 3 个年级，大学专科 3 个年级，本科 4 年以上学制。1987 年，我离开了南召城郊中学，来到该县的一个三线军工企业的子弟学校任教。因为该企业效益较好，所以子弟学校也有财力，学校教室和办公室都是三层楼房，还有一个四层高的实验大楼，楼内有物理、化学和生物实验室，还有电脑室，图书室。教学楼和实验楼中间围着一个大操场，环形跑道、篮球场、乒乓球桌、单双杠等健身器材一应俱全。教室内桌椅质量都很好，用的是日光灯，还有电扇，黑板是毛玻璃大黑板，黑板上面还有一块白幕布，用来投放幻灯片用的，后来教室里又装了立式空调。2000 年之后，学校又开启了新的多媒体教学，由于教学内容丰富，教法新颖，很受师生好评。遗憾的是我已经到了退休年龄，对高科技的教学方法来不及尝试了，只能是望洋兴叹了，我这个教书几十年的老师，在多媒体的网络时代又变成学生了。

2010 年后我来到昆山照看孙子，现在孙子已经 8 岁，上三年级了。接送孙子上下学之际，我进到蝶湖湾小学院内，看到的是 4 层的崭新教学楼，环绕东、西、北三个方向，办公、教学、图书馆、餐厅、饮水间、卫生间都在楼内，还有一个很大的"风雨操场"，无论刮风下雨都可以正常上体育课，还是学校各种文体活动的适宜场所，学校地面是用塑胶材料铺成的，避免了尘土和泥泞的困扰。更让我新奇的是教室里的黑板，是由前后各两层毛玻璃和一

蝶蝴湾小学教室内的新型黑板

个大电脑组成的，前面的黑板向左右拉开后就露出中间的大电脑了。听孙子讲，除了体育课，其他各学科的老师都要用电脑上课。而我过去工作的学校，虽然也使用了多媒体教学，但只是局限在一个阶梯教室内使用，不是每个班都有，各学科准备的多媒体课程都必须到教务处登记排队使用。相比之下，昆山的条件真是好多了，不愧是全国百强县之首啊！

　　这样一本档案，让我的思绪重新回到了几十年前的岁月，一幕幕展现在脑海中，仿佛就在昨天，一页页泛黄的纸张见证了岁月的流逝，见证了我的芳华，见证了党的力量，见证了祖国的强大。我深深地感叹国家翻天覆地的变化，希望在党的领导下，我们中华儿女继续创造着属于我们的奇迹！

档案圆了养老梦

何 笛

　　快到 60 的小红，每每说起档案，总会感慨地说，幸亏有档案，圆了养老梦。

　　小红是城镇户口，换句话说，就是街上人，她是一向自以为傲的。现在的人，对这个城镇户口，可能不觉得什么，可要是放在 40 年前，那个差别，没有经历过，可能真是无法想象，城镇户口与农村户口有着云泥之别。

　　40 多年前，初中毕业的小红，被安排进了邻镇一家国营丝织企业，曾让多少人羡慕嫉妒恨，有了稳定的工作，也就有了稳定的收入，有了可以捧一辈子的铁饭碗，在别人羡慕的眼光里，小红兴冲冲地去上了班，成了工人阶级的一分子。正值青春年华的小红，是个聪明灵巧的女孩，没多久便被调整到专做出口产品的岗位，小红也为此沾沾自喜，直到现在，还常常说，自己那时是厂里的骨干，整个厂里，只有她在内的十几个人是专做出口的，那可不是一般人能做得了的。

花样年华，花容月貌的小红，自然少不了想要护花的使者，厂里不多的几个男工，根本入不了小红的眼，再说，小红心里想的是，能回到自己家乡的小镇工作。刚好，有人给她介绍了一个对象，那就先谈谈看了，要谈么，得在一起才能谈，异地恋的事，小红没想过。那时也没电话，更不要说手机了，面都见不着，谈什么谈，还能天天靠写信来谈，那是一点不靠谱的，怎么办呢，当然得调回去才行。

　　有句话说人人不逢自身背，看着别人调出调进的，不就是调个地方调个工作岗位吗，可轮到自己想要办个调动，才知道哪是说说那么容易，简直是一本书都能写的。不是这里缺个手续，就是那里还少个环节，不是这个负责人不在，就是还要集体讨论研究，等一张调令，真是等得花儿都谢了。

　　既然要调动了么，小红就回到老家的小镇，调动还没办成，就先找了家乡镇企业，上起了班。起初，厂里隔一段时间，会寄一封信，要小红回去上班，小红就开了请假条，请上个半年的假，后来，干脆，请假条也不开了，人也不去了，调得成不回去，调不成也不回去了，反正是在等调令的过程中么。

　　就这么着，倒也相安无事，对象么，谈着谈着，就到了谈婚论嫁。去民政局领证，需要双方单位的介绍信，只好再去原来的工厂。介绍信开得很顺利，只是告诉她，调动依然在过程中，如果有需要，可随时回来上班，岗位还保留着呢。

　　婚都结了，乡镇企业的班也上得好好的，调动的事，催了几次，只有一个字的答复，等，那就等吧。

　　几年就这么过去了，小红也成了一个孩子的妈妈。有一天，收到一封原来工厂寄来的挂号信，按照劳动用工的各种规章制度，决定对小红按自动离职处理，要她在收到信后，来厂里办理相关手续，顺便把自己的东西带回。

自动离职，就自动离职，手续呢，也不去管了，可调动的手续呢，有关部门始终没给过一个说法。

生活还要继续，也一如既往平静地继续。

有一天，孩子得了病，小镇的卫生院处理不了，只好到城里的儿童医院，一番治疗下来，小红觉得，孩子的健康成长，比自己的工作重要，于是，辞了工作，在家做起了全职妈妈，一心一意照顾孩子和家人。

孩子上小学了，小红再出去找工作，换了家乡镇企业，生活波澜不惊。转眼，孩子上县城的重点高中了，全家也搬去了县城，再找工作，就只能是家附近的店铺里打打工了，那也没什么。

那个时候，已经开始实行交社保的新模式了，小红也去问过，要交满15年，才能在退休时拿退休金，每个月都需要自己去交纳，算算也是一笔不小的开支，自己还年轻，身体也好得很，平时连个伤风感冒都没有的，以后再说吧。

说不得，马上就来了，吃东西一个不小心，挂了几天的水都不见好，仔细一检查，问题很严重，需长期服用中药调理，这可是一笔看得见的真金白银，刚过了50岁的小红明白，这一回，社保、医保是一样都不能少了。

去人社局的窗口询问，像她这种情况，还是可以办理的，问题是要补足15年的缴费，以往在乡镇企业工作的经历，是不算的，但是，有在国营企业工作过的话，是可以视为缴纳的。如何能够证明呢，窗口的人提示，不妨去档案局问问。

怀着不抱任何希望的心情，小红去了档案局，递上身份证，工作人员很快给了她一张记载她工作情况的表格，只是上面，只有她参加工作的年份，至于，她工作了多长时间，表格不能证明。档案局的工作人员提示小红，可以到原工作单位去看看。

去不去？必须去，尽管原单位早已改为股份制企业，可能一个人也不认识了，可事关切身利益，怎么说，也要去跑一趟。

到了原单位的档案室，被一顿批评，怎么到现在才来，老早就该来了，档案在逐批处理，能不能找到还是个问题。

也真是巧得很，按着参加工作的年份，居然一下子就找到了，而且，小红的那一张还是在最上面，清清楚楚地记载着，进单位的年、月、日，最后批复自动离职的时间。

再到人社局的窗口，在国营厂曾经工作了十年之久，那就只要再补五年的费用就可以了，小红兴奋得像喝了蜜似的，曾以为自己只能靠丈夫和儿子度过晚年，有了这份社保和医保，就能和所有的人一样，靠自己就能安度晚年。

一切要感谢档案，小红只要讲起这事，总要感慨地说，是档案圆了我的养老梦。

三张全家福，见证小康路

许国华

　　"咔嚓"一声，四世同堂的欢笑，定格在彩色胶片上。这是 1989 年新春，我们全家八人欢聚一堂，拍下的第一张珍贵的全家福。

　　这一年，我圆满完成了上海的技术培训，回到家乡张家港这一片热土，还带回了用攒积半年工资买下的海鸥 KX 型傻瓜相机。这是我的第一部相机，在当时的农村，可是时尚新潮的稀有产品。

　　家中的录音机欢快地播放着李谷一演唱的歌曲："美妙的春光属于谁？属于我，属于你，属于我们 80 年代的新一辈！"光阴如梭，转眼间，我们即将告别难忘的 80 年代，拥抱全新的 90 年代，该用什么方式来纪念一下呢？

　　"自家有了照相机，可拍全家福了。"奶奶的建议，立即得到大家的赞同。是该好好地拍张全家福纪念了。一是家中"添丁"了，哥哥与嫂子结婚，有了可爱的儿子；二是居住条件改变了，住宅从砖瓦平房新翻建成了楼房，我们在小康路上又迈出了崭新的一步。

　　取景框中，奶奶居中坐在藤椅上，前面站着刚蹒跚学步的重孙，父母围着奶奶左右而坐，我们兄弟仨站立在后排。烫着时髦大波浪发型的嫂子，则一脸灿烂地依偎在哥哥身旁。

背景自然是新建楼房的窗台前。我认真地记下了拍摄时间：1989年春节。这一年，是新兴的张家港撤县建市的第三个年头，也是党的十三大正式将小康列为"三步走"发展战略的第二个年头。

胶片冲印出来了，一家人兴奋地相互传阅。奶奶看着，忽然眼角淌下了几滴眼泪，触景生情地对我们兄弟仨说："要是你爷爷还在，这张全家福就更完美了。"

奶奶的一番话，勾起了我们对往事的追忆。爷爷去世得早，尽管那时已经有了照相技术，但节俭的爷爷舍不得奢侈一回，拍一张照片，只留下了一张民间艺人画的碳素画像，更不用说拍一

第一张全家福

148

张全家福留念了。

　　从爷爷离世的 1979 年到我们拍摄第一张全家福的 1989 年，尽管只是短短的 10 年，伴随着改革开放，发生了翻天覆地的变化，我们也收获了满满的幸福，住房翻建成了五上五下的楼房，申请安装了电话，开始进入"楼上楼下，电灯电话"的幸福时代。

　　第二张全家福，拍摄于 1999 年春节。这一年，父亲 60 岁刚退休，我们兄弟仨已成家立业，结婚生子，家庭人数也增加到了 12 人。此时，我的相机早已换成了美能达 X700 胶片单反相机。我设置了自拍功能，将配有长焦的照相机固定在三脚架上，然后从容地走入预留的位置，"咔嚓"一声，照相机自动拍下了这一张全家福。

　　胶片冲印出来，奶奶乐开了花。照片上的一家人，儿孙满堂，

第二张全家福

其乐融融。三个如花似玉的孙媳妇，成了照片的最大亮点。我们兄弟仨各自组建了幸福的小家庭，都有了可爱的下一代。大重孙已上小学，二重孙上了幼儿园，重孙女尚抱在怀中牙牙学语。"放大一张吧，配个大镜框，我好时时看得到。"奶奶吩咐道。

此时，拍照背景的楼房已是我们的乡下"老家"，只有奶奶和父母三人居住。奶奶看着放大的全家福，时时想起不常回家看看的我们。随着祖国吹响全面建设小康社会的步伐，我们兄弟仨都买了商品房，居住在城镇，成了"街上人"了。

"今年是我和奶奶的本命年，再拍张全家福纪念下。"哥哥打电话给我，约定春节一齐回乡下老家，再拍张全家福。2013 年，农历癸巳蛇年，奶奶 97 岁，哥哥 49 岁，生肖都属蛇。我们一家 12 人又在乡下老家的楼房前，拍摄了第三张全家福。

此时已进入数码时代，我也赶时髦，换上了佳能数码相机，不必像胶片时代那样小心翼翼地摄影，唯恐浪费胶片，现在完全可以随心所欲地摁快门，拍摄的效果可以立即在显示屏上观看。

合影上一家人笑容满面，奶奶高寿 97 岁了，孩子们也都长大了。大重孙在加拿大留学，二重孙上大学，重孙女也读高中了。乡下的楼房，已成了我们怀旧的"老宅"。我和哥哥都将原来的商品房卖掉，在镇区各自买了一套联体别墅。

幸福是奋斗出来的，小康是实干出来的。我从拍摄的五张合影中挑选了一张较为满意的，在电脑上设计制作，打上了"癸巳新春'四世同堂、福寿拱照'合影"字样。扩印了一张 24 寸的照片，装裱布置在乡下老宅的堂屋墙上。

奶奶时常用掸帚小心翼翼地掸去镜框上的灰尘，望着那温馨

第三张全家福

的全家福，脸上不时露出幸福的微笑，眼睛里始终流露出对我们小辈的牵挂与期盼。

我们早已约定今年阳历年底一起回乡下老家，再拍一张全家福，因为 2020 年是全面建设小康社会的收官之年，我们准备用拍摄全家福的方式，将全面建成小康社会的喜悦一齐摄入镜头。

这三张珍藏的全家福，见证了我家的小康路，已成为我家一份珍贵的家庭档案。它不仅记录了一个家庭的幸福美满，也是每一个家庭成员岁月留痕的美好回忆，是值得珍藏一生的精神财富。同时，它串联起来就是一部浓缩的历史，是一个时代的见证。我家几十年的变化，在小康路上的奋斗历程，都浓缩在这一张张全家福照片中。

一张面票

许晓东

  小时候，每当过了谷雨，我就会帮着奶奶搭丝瓜棚，看着藤一天天地往上爬，再结出很多小丝瓜，获得感十足。过了阴历六月二十四，奶奶就开始翻地种大蒜，高高举起的钉耙比我人高得多，我一边看一边剥着大蒜，期望早日长高，可以拿得动钉耙。墚头做好后，我们两个分别坐着小板凳，拿着铲刀，将大蒜一粒粒地插进土里，排好的蒜子恰如小兵马俑一般，一排接着一排，笔直地站着，再撒下松土，铺上麦秸浇好水，整装待长。爷爷奶奶半年的开销就靠这上千斤大蒜子，靠着劳作，收成有了，饭桌上的菜香了，我们的压岁钱越来越多了，生活也就越来越幸福了。待到深秋，我还会帮着种些油菜、蚕豆、白菜，有时家里也会种点小麦。这样的周末、暑假，日复一日年复一年，一直到我高中。

  昨日回乡，看见奶奶的粽秧已挂在了门口晒架上，时间过得真快，又快到端午了，儿时包粽子、钓龙虾、腌鸭蛋、做香囊的情景还历历在目，尤其是一次收麦。

记得在小学毕业前的一天晚上，天已很热，我正光着膀子啃着用井水"冰镇"的西瓜，奶奶一个趟子赶过来，让我父亲明一早去割麦，我叫嚷着也要去，母亲不让，告诫我镰刀快得很，没准脚上就被刮一口子，但我还是第二天一大早偷偷地跟着父亲一起去了。

　　夜来南风起，小麦覆陇黄。站在麦地间的我，看着金灿灿的麦穗，闻着阵阵的麦香，幸福感油然而生。奶奶跟我说："看到这些颗粒饱满的麦穗，心里很踏实。"不一会，家里人都到了，奶奶稍作安排，就摆开了阵式，包括父亲在内的 6 个叔父辈穿着长袖、戴着草帽，每人一陇，开割，后面祖父辈紧跟着捆麦，把割倒在地的麦子抱成二三十斤重成圆柱，再随手在麦地里抽出几根麦子，左拧一下右拧一下，扎捆好。我看了会，认为捆麦比割麦难，便拿起镰刀学起割麦来。在做事的教育方面，父亲和奶奶从不嫌我慢或学不透，他们赶过来，左手一把从麦秸的半腰抓住，右手用镰刀一下子就从麦秸的底部把左手中的这把麦子割断，脚尖着地重心靠前，避免割到自己，行云流水操作，教了我几遍，他们继续开工，不到半小时，他们已离我二三十米远。力尽不知热，虽然我已汗流浃背，但看着家人们在前面不停地割着，也不敢懈怠，一直追赶着。风吹的"唰唰"声、割麦的"嚓嚓"声、堆捆麦的"吱嘎"声，形成了田间妙曲，带来了丰收的希望、好日子的盼头。半天的功夫，两亩多地已全部割完，奶奶估算了下我的战绩，"有 100 斤了吧，可以换 50 斤面了，有出息！"我累躺在地上，让汗不停地出。记得那天中午，母亲早已在家做好了饭，那天的饭特别香，我连续吃了三大碗。

麦子收割后，父辈们用扁担挑回了自家场地，随后，场地便开始热闹了起来。翻麦、碾打、扬场，我和堂弟们打打下手，帮长辈们张张口袋，顺便在软绵绵的麦草上打滚、结绳、嬉戏，好不愉快！那一袋袋沉甸甸的麦子，是对土地的尊重，也是我们对付出的笑纳及收获的满足。

那些天，竟然每天都是好天气。晾晒装囤后，一日，隔壁大婶串门，说道街上老胡子后塍粮面店那边可以用小麦换面票，比老早的粮票好用，要换的赶紧。老一辈都晓得那老胡子做出来的面筋道口感好，第二天爷爷便把6袋小麦装上了三轮车，我毫不客气地坐在了小麦上面，不一会就到了粮面店。门口的老胡子看到了我们，热情地打了招呼，爷爷递了根烟，老胡子一边抽着一边抓起麦粒认真地检查，直点头夸麦好，150斤面票马上就换给了爷爷，爷爷笑嘻嘻地给了我一张，"这50斤就是你的了"，那天我竟一直紧紧握着面票，直到睡觉，倍感珍惜。

那是我第一次收麦，之后由于土地被征收，再也没做过，那张面票，我也一直舍不得用。过了些年，粮面店关了门，面票就一直珍藏在我学生时代的笔记本里，把它当成了"精神寄托"和"古

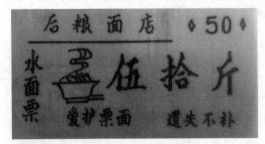

面票

董"。每当遇到人生关键时刻或工作瓶颈之时，就会拿出来看看，回想起小时候家里人那股为收麦而执著的干劲，自己在后面不停追赶的劲，就能再燃激情。

奶奶经常教导我："人活着，要肯做，手脚勤快样样有，好吃懒做要饿杀。"生在农村，长在农村的我，可能跟大多同代人不一样之处，就是儿时干了些农活"趣事"，竟也影响了我一生。那时的我，或被太阳晒得像只黑猴，或被田间蚂蚁咬得身上红一块紫一块，或他人说我像野孩子，但我不以为然，那是我人生梦的开始。从小经历过这些，才能更懂得珍惜生活，从而收获价值，回报社会。丝瓜棚的搭建技巧与立体思维，促使我几何学得非常好；排大蒜造就了我做事喜循序渐进、从不拖拉、耐力十足的性格；割麦的那种追赶更是让我在学习、工作上养成了一股干事冲劲。20多年过去了，原先自家的地早已盖起了高楼大厦，车水马龙，而张家港也已发生了翻天覆地的变化。早先羊肠小道变成了现在双向六车道断面346国道国家一级公路；铁网里曾野兔满地跑的荒地已成为中国政策最优、功能最全的保税港区；曾为建造沿江公路形成的大水坑已变成了林丛茂盛、鸥鹭齐飞的美丽生态暨阳湖。2019年张家港小康指数全国县级市第一。秦书记常说"张家港精神是干出来的"，干必定是"辛苦"的，像割麦，像盖房。一个人也好，一个社会也罢，启事在教诲，成事在榜样。在奔跑追梦的道路上，只要每个人抱着一颗激昂的真心，向着前辈榜样们不懈追赶、奋进，继续擎起这个永不熄灭的"精神火炬"，相信必定能够突破自我，再上张家港速度，在新时代书写奇迹、再创辉煌！

结缘账本

杨春迎

从结绳记事到刻画绘图，从各类契约到分类手账，随着时代的更迭，记账手段、记账载体也在不断发生变化，尽管账本鼻祖与如今的各类账簿已大不相同，但对于事项的记载、历史的传承，是它们亘古不变的血脉。作为档案的重要组成部分，财务档案大到见证了人类、国家的发展历程，小到见证了一个家庭奋进在小康之路上的细微变化。账本作为财务档案的重要载体，更是在我们的生活中随处可见，我们都与账本有着不解之缘。

地图账本

我家老房子的墙上有一幅地图，地图上有一串数字，那是家里的秘密。

1985 年，爷爷给三个儿子分了家，从此父母开始单过，爸爸自此会在每年农历新年之前，把一年的收入结余化成数字，然后开心地记在墙上的地图上，小小的数字，外人很难分辨出是什么，那是父母悉心守护的秘密，更是过好自家小日子的美好心愿。

那时，爸爸每个月的工资只有几十块，即使省吃俭用，一年下来，那串数字也仅仅是个三位数。后来，因单位改制，爸爸离开了国营单位，开始自己做生意，那一串串数字的位数开始逐渐增多，家里的积蓄不断增长。于父母来讲，这个小家庭的日子也算是过起来了。

2000 年，我们搬进了新家，很可惜那张见证了这个小家从建立到不断富裕起来的地图，因为老化，在取下来的时候破碎了，但是那一串数字在我们的脑海里留下了深刻的印象。

那是爸爸的账本，是一个小家庭的账本，更是中国千万家庭账本的缩影，它见证了一个小家庭的成长，也见证了整个中国逐步迈入小康社会的发展历程。改革开放以前，对于普通家庭来讲，略胜温饱的生活已经很不错了，很少人家有存款，甚至"万元户"一度都是对富裕家庭的别称。改革开放以后，随着我国经济社会的发展，几乎家家都成了"万元户"，家家都有了"小金库"。人们的储蓄金额得到了很大提高，有储蓄，是日子过好的重要表现，更是全面建成小康社会进城中的一个大的跨越。

蓝账本

2000 年，我 10 岁。有一天，爸爸给了我一个蓝账本，让我记录家里的日常开支，硬硬的蓝色外壳上，清晰的烫印着"日记账"，里面小小的格子，仿佛容不下我大大的字体，歪歪扭扭，掺杂着拼音记录着：酱油 5 毛、肉 3 元……角角圆圆，全是家庭必需品。

那时候，如同大部分刚刚富裕起来的家庭，或者说正在努力走向小康的家庭一样，我们的家庭里，"食"应该是最多的开支了，父母没有带我们去游乐场、电影院，也没有暑期旅行，去文化宫坐坐小火车已经是我唯一能记得的游玩项目了。

我们这个小家庭以往的家庭开支，或许也是万千家庭的缩影，"食"在总开支中占了很大比重。现在，我们已经进入全面建成小康社会的决胜阶段，作为曾经的"大哥大"——"食"在家庭开支中的占比，已经远不如从前了，而人们对于基本的衣食住行以外生活需求的重视，已经使家庭开支占比结构发生了很大的变化。人们对美好生活的向往，开始愈发强烈。即使没有说走就走的旅行，也有早早的筹划，总有一场旅行，会为我们的生活再添新趣。

当年的小饭馆

而图书、电影更是频繁地现身于我们的日常生活。国民整体的生活水平不断提升，人们的生活需求已由简单的"食"转向了衣食住行、文化需求、环境需求等方方面面了。

结缘账本

犹记得在事务所实习那年，在一次审计中，翻到了一张 1990 年的存折凭证，我当时翻翻看看，仔细揣摩，有些欣喜地打量着这张与自己年纪一样大的凭证，那泛黄的纸片似乎诉说了岁月的流转，当时工作人员工工整整用钢笔书写的字迹，饱含了对于每一笔存款的审慎，我似乎看到了那时那景，存款人目不转睛地看着自己存折上的数字，在工作人员的一笔一画下诞生，那墨黑的数字，正是美好生活蓝图的一角，他嘴角一定微微上扬。

这么多年过去了，人们的存款凭证、存款方式早已发生了天翻地覆的变化。如今随着电子支付、电子货币的出现、推广，更加便捷的扫码支付出现在我们的日常生活当中，而那些各式各样的存款凭证，或许在以后也会变成一份份珍贵的档案，作为时代发展宏图的一角，见证着我们国家的进步与改变。

2020 年，我 30 岁，从走出校门到现在，我已经在财务岗位上工作了 7 年。先是从事审计工作，翻翻看看前辈们留下的账本，后来转为财务工作，自己装订账本，自己的账本情结也日益加深，或许，从 10 岁那年，就注定了此生与账本结缘，我很爱这份工作。每当在电子系统中处理完一个月的账务，便进入了我装订凭证的快乐时光，仔细地将每一页纸张都裁剪到大小一致，将原始凭证叠得整整齐齐，然后将它们装订成一个方方正正的整体，在我的手中，它们是工作，更像是我悉心打造的艺术品，我想极力将它们做到精致，予以留存，就宛如前辈们留给我们的一样。

以前，前辈们装订凭证都是纯手工，凭证用手写，打孔用针穿，装订用线缝，虽然不如机打凭证整齐划一，但是那凝结着前辈辛劳的一字一句、一针一线，都在不断向我们展示着在国家发展历史道路上前辈们的努力、执著和付出。没有打印机，钢笔字显得更加遒劲有力，没有装订机，那绳、那线、那锥针显得更加坚韧。每每需要查档案的时候，我都会小心翻看那些凭证，每一页都似包含了一段故事，这些仔细留存的档案，是我们回顾过去工作的有力工具，更是我们做好当前工作的坚定基石；是我们记录过去的有效媒介，更是我们欣赏当下的一面镜子；是前辈留给我们的一笔财富，更是我们需要为后人努力的标杆。

时光仍在不断向前，记录历史最好的方法就是留存各类档案，真实地为我们展示着过去，展望着未来。几十年的光影间，我们的国家马不停蹄，奋力向前，不断被踩在脚下的路，就如同那一卷卷胶片，回放着过往的艰辛与荣耀。此时此刻，我们仍在路上，绘就着一段将被未来视为历史的画卷，纵然艰辛，却也无上荣耀，有幸在这个特殊的时代泼墨画彩，我定将不断向前。

从苏州园林门票看小康社会建设

严蕴悦

　　园林门票，其本质是园林管理方负责发行制作、销售并监管使用的一种有价票证，以门票反窥时代，首先想到的是票价与物价的关系。但事实上，门票的载体材质、票面信息、票种类型，无一不传递着巨大的信息。它反映了社会方方面面的发展，并由此描绘出小康建设 70 年波澜壮阔的社会变迁长卷。

　　园林发行门票，始自建国之后，1952 年拙政园率先开始对民众开放，年初门票价格为每位 0.03 元，11 月调为 0.05 元，此后 30 年未曾变动。这 30 年沉睡的票价，真实映照了新中国在建国初期经济发展缓慢的现象。

　　1979 年 12 月，邓小平同志卓有远见地提出了"小康之家"的概念，在这一"中国式现代化"战略目标的指引下，提高人民生活水平成了经济工作的指导方针，中国迎来了改革的春天。短短二三年，小康建设带来的社会变化已经初见成效。1982 年，党的十二大正式提出"小康"建设时间表，也是这一年，苏州园林票价进行了调价，一举进入"计角"时代。

党的十三大提出了新的三步走计划，而苏州园林门票的几次调价，都与之步调相协。1990 年，票价进入"计元"时代。20 世纪末，票价持续调整，稳步上升。园林门票随着经济增长，保持适当的调整，目前苏州园林门票执行的票价，是 2014 年的实施方案。

门票的变化，最为直观的是材质。苏州园林门票的材质，大致经历过可回收门票、纸质门票、特殊材料门票、电子门票几个阶段。

中华人民共和国成立后，苏州地方政府对苏州古典园林进行大规模修复工作，并逐步对外开放。1952 年，拙政园率先开放售票，其他园林紧随其后。此时使用的门票为形如古代铜钿的彩色塑料圆片，中有方孔，可以用绳或细铁丝串联，使用后及时回收，便于清点整理。这种门票一直沿用到 1980 年。这段时间，正是物质资源匮乏，经济停滞不前，轻工业发展缓慢，印刷工艺设备、技术滞后的历史阶段。

1982 年，园林门票改用纸质。早期的纸质门票纸张薄脆，印刷也十分粗糙，随着年份的推移，纸张越来越厚实，印刷越来越精美，反映出造纸和印刷水平的不断提高。时至今日，纸质仍是门票最主要的载体形式。

随着科学技术和信息化发展，小小门票也被注入了高科技内涵，包括磁卡门票、CPU 卡门票（年卡）、明信片门票、光盘门票等异质门票也开始投入使用，特别是在苏州园林申遗前后，门票材质与款式推陈出新，与形式多样的纸质门票交相辉映。2010 年开始推行带有二维码的门票，使苏州园林门票一脚迈进高科技门

五颜六色的塑料门券，20 世纪 60 年代中后期开始使用

20 世纪 80 年代初，纯手绘图案门票

留园淡季和旺季门票

印有"第 28 届世界遗产大会"宣传的门票，同时可作为报销凭证

槛。2018年9月1日，拙政园、狮子林率先尝试网上预约制售票，获得成功后，拙政园、虎丘、留园等跟进推行，苏州园林门票正式进入电子时代。

除了材质，票面的图案、文字等内容也是最容易看出变化的地方。园林门票发售的最初30年，使用的是塑料圆筹，这种廉价材质制成的、可以循环利用的门票，仅限于作为入园凭证。

70年代各园林将自己的特色景点和简介印在纸质票上，并结合传统版画风格和纹样进行简单设计，使之具有了一定的艺术性和知识传播性，被赋予了景点宣传和展示的功能，从而激起人们的收藏欲望。

80年代从纯手绘的图案开始慢慢融入彩色照片元素，虽然套印对色尚不精准，但也可以看出印刷技术的发展。80年代后期的门票上，出现了正副券对应的编码，管理变得更加规范了。此外，在部分门票的背面上出现了"金塔电子""虎丘照相机厂"等本地品牌的广告，说明园林门票又多了一项广告宣传功能。

90年代又增加了导览图、交通指示等元素，同时门票上还印有"保险"字样，此时的门票同时也是旅游意外险的保险凭证。

2000年前后的苏州园林门票上，增加了诸如"世界文化遗产""AAAA级景点"等字样，这是苏州园林品牌意识的觉醒，还加上了"苏州园林管理局监制"的印章，门票管理进一步规范。

2004年发行的门票上出现了三种编码:代码、号码、税务票证，并且增加了税务章，门票又新增了发票功能，可以作为报销凭证。导览图改进后，更为精确具体。

2010年，园林门票在价格不变的前提下进行了改版，二维码带来了检票方式的变革。另外，套票选用了不同景点的照片，淡旺季还分别选取景点具有季节特点的照片，体现了设计细节上的用心。增加了网址、咨询电话、投诉电话、紧急电话，这是园林管理体系的进一步成熟，也是园林门票功能的进一步丰富，突出了"以人为本"的人性化理念。

园林从历史中走来，见证过战乱与战后的低迷，也经历过复苏与崛起。当它告别私家园林，成为社会公共资源的那刻起，就一直与我们的党和国家同兴衰，共荣辱。小康建设40年，社会发展为园林创造了极佳的环境，从荒芜再现新姿，从苏州走向世界，而园林也给予社会回报，为经济发展带来了新的机遇，更不忘造福民生。

一本档案的自述

邹　茜

2014年，一个微凉的下午，我诞生在一个偏远小乡村里。老书记掏出一只圆珠笔，如树皮般粗糙的手指抚过我崭新的封面，写下了"精准扶贫"四字，不知为何手在微微颤抖，连带着我也有些激动。

老书记思考了没一会儿，就将老李头一家写在了第一页，这是个生活极其困难的家庭，全靠老李头种地、上山砍柴、挖野菜维持生计，老李头的媳妇早年务农时腰部受伤，老李头借遍乡里乡亲，也没凑够钱，媳妇还是落下了病根，每逢天气阴雨，只能躺在床上。老李头有个女儿，嫁到隔壁村里，小夫妻两外出打工，几年才回家一次。老李头平常除了种田还债，最大的希望就是能养几只鸡，女儿回家能招待。在老李头后面，还有老高一家、老徐一家，村里一共18户人家，16户榜上有名，村书记详细写完每户人家的情况时天已经黑了。

"书记！你在吗？"门外有人喊。

老书记把我合上，"在，进来吧。"

老李头推开门后有些拘谨，搓了搓手，有些欲言又止。

"原来是老李头啊，快坐，这么晚了，有什么事吗？"

"书，书记，俺前两天听你说上头有个精什么帮扶的政策，是专门帮助我们这些生活困难群众的，是真的吗，俺轮得上吗？"老李头很是急切。

老书记笑了："能啊，咱们村是重点村，'精准扶贫'这个项目是咱总书记提出来的，就是为了让咱过上好日子，老李头啊，你天天吃鸡蛋的愿望就要实现喽。"

老李头浑浊的眼睛亮了起来，嗫嚅着想说些什么，但最终还是没说出来，老村长叹了口气，把老李头送出屋外，拍了拍他佝偻的肩膀，对老李头说又像是对自己说："放心吧，党和人民没有忘记我们。"

几天后，村里来了个白净的陈姓小姑娘，老书记说是专门负责精准扶贫项目的干部，安排住在老李头家女儿出嫁前住的地方，听说是她自己要求的。为了更深入了解村民，我被递交到了她的手中。由于前几年来过的小伙子住了三天就哭闹着让他爸托人给调走了，村民们纷纷打赌这回城里来的小姑娘能坚持几天，老李头夫妻俩破天荒炒了个鸡蛋作为晚饭。谁也没察觉到改变命运的转折点真的来了。

第二天一早，老李头醒了，坐在床头抽烟，却听到隔壁房间传来了窸窸窣窣的起床声，老李头心想：坏了呀，这小陈不会是被这儿艰苦的条件吓着了吧，这回城山路可得走好久，俺还是去借辆牛车送她快些。老李头叹着气起了床，待他穿好衣服，小陈已经走了，老李头赶忙从隔壁借了车，一路出村，快步走了好久都没遇着她，老李头不禁有些急，又走了会儿遇上回村的许婶，两人一合计，坏了，小陈丢了。

　　老李头这下急疯了，这女娃怕不是遇到什么危险了吧，赶紧回到村子里找了老书记，发动村民一起找，村民们放下了手中的活儿将整个村子都翻遍了，还是没有找到。老李头没法子了，打着哭腔说："早知道俺该拦住她的，俺当追得上她，没成想这女娃转眼就没了影，万一有个好歹可咋办呀。"老李头蹲在老书记家门口抽了大半袋子的烟，听见许婶大老远地喊："找着啦！小陈找着啦！"老李头赶忙望过去，发现小姑娘完好地站在李婶边上，只是鞋子和裤脚沾上了许多泥，李老头正寻思小陈干啥去了，却只听这姑娘对大家鞠了一躬："真对不起大家，我今早想去山上看看情况，没和老李说一声，害大家放下手里的活来找我，真是不好意思。说实话，我来之前很担心，来了以后发现这里的条件确实非常艰苦，我产生了害怕的情绪，也想过要走，但是我看到这么淳朴的你们，看到了这个村子脱贫的希望，我觉得我不可以放弃。祖国把我教育成才，我一定要做我力所能及的事情，和大家一起努力，带领大家过上好日子！"回应她的是稀稀拉拉的鼓掌和老李头充满希冀的眼神。

　　接下来的几天，小陈总是举着一个黑色的盒子走来走去，对着乡亲或是地里或是山上"咔嚓咔嚓"。"这女娃咋啥也不干，每天光举着个黑箱子瞎溜达。"村里唯一一个没出去打工的年轻人小高闲得没事跑来问正在劈柴的老李头，老李头头也没抬："女娃也是你小子叫的，书记说这是大城市的相机，这姑娘是给咱照相

168

呢，以后寄出去给外面的领导和专家看看，好帮咱们村一起想办法呢。小高呀，你也快30了，这两天不在家忙活，还有闲工夫出来晃荡。"小高闻言耸了耸肩，自顾自地跑开了。老李头叹了口气，继续手里的活计。

这个农忙时节还偷懒出来转悠的小高是隔壁老高家的独苗，老来得子，老高宠溺非常，疏于管教，导致小高现在好吃懒做，啥也不干，小陈看在眼里急在心里。

又过了几天，小陈召集村里各家开了个小会，宣布了她的脱贫计划——种竹子。

"小陈呀，俺家以前都是种麦的，让俺在山上种竹子俺可不会呀，而且竹子这东西又比不上麦，也不能靠它吃饭呀，而且万一种出来卖不出去可咋办？"老李头搓搓手。

"老李呀，我研究过山里的土地和气候了，土是酸性的，土层较厚，而且咱这山里落雨也多，温度适合竹子生长的。"

"可是俺还是不放心，毕竟要种竹子还要钱呀，我家肥都是留给麦子的，种竹子真能卖钱吗？"

"钱的事不用操心，咱市里扶贫办有项目，只要是村里愿意试种竹子的，都有一笔不小的补贴，而且这竹子种出来了，一年四季都有收入，可以挖竹笋卖，也能做竹酒，还能做手工艺品卖到城里去，城里人就稀罕这些玩意儿。而且我发现有的竹子可以做竹地板，现在城里人讲究环保，竹地板可比木地板环保多了，保证能卖钱。"

"小陈呀，你前段时间'咔嚓咔嚓'，原来是为了这事呀，那俺老李头信你这回，不过这麦我还是要种上一些的，不然早上可没包子吃咯。"说罢，老李头笑了，小陈也笑了。项目就这么定了下来，村民们在山上开辟了竹园，种起了竹子，养鸡的人家还在竹园里养起了走地鸡。

村里的人慢慢都喜欢上了小陈，小陈屋里总是堆满了村民们山里挖的野菜，还挂着风干野猪肉，村民有困难也总是愿意来找小陈。这天老高找上了小陈："小陈呀，俺家那小高，年纪不小，可老不务正业，至今都没娶上婆娘，你主意多，想想有啥法子能让他收收心，我们年纪也大了，总有一天会养不起他的。""老高呀，你家情况我知道，我有法子，您等着瞧吧。""那可真是太谢谢你了呀，这里有我过年时腌的腊肉，不多，你别嫌弃。"说完便把肉挂在门上走了，没给小陈拒绝的机会。

过了两月，老李头犯了嘀咕，平日里隔壁老高家的小子总是瞎转悠，这两天倒是乖乖在家帮着劈竹子学编竹篮了，也有媒婆上门打听了。这小陈是怎么让这小子开窍的呢，以前可没人成功过呀，李老头百思不得其解。这个问题最终在小高与隔壁村姑娘定亲时得到了解答，据小高自己说，其实一开始大家的苦口婆心他都没重视过，直到那一次，小陈去市里汇报工作带上了他。高楼大厦、车水马龙，小高的心理受到了极大的冲击，从此他幡然悔悟，幸福生活要靠自己的双手创造。

白驹过隙，转眼到了 2019 年，我 5 岁了，老书记退休了，小陈接任了。在这 5 年里，村里开设了第一家村卫生室；通往镇上的路变平坦了；老李头终于还清了外债还建了鸡舍；小高带着媳妇开了农家乐，专门接待城里来的客人……我的封皮脱落得很严重，肚子里却塞满了照片：有村民们第一次见到竹酒时将信将疑的照片，有专家来村里讲座时大家争相提问的照片，有与隔壁村一起设立合作社时剪彩的照片，有农产品收购公司与小陈签约的照片……最重要的是，那一年贫困县的帽子终于摘掉了，摘帽仪式那一天，市里来了领导，但谁也挡不住小陈的风采，那天的她，笑得格外好看，5年的时光，她为这个村付出了太多，她也决定继续付出下去，作为记录这一切的我，也终于对得起这个名字——"精准扶贫档案"。

"一个都不能少"

——娜娜上学记

毕　胜

　　迎着朝阳清风，娜娜匆匆走向教室。廊外一丛翠竹浅吟低唱，像在与路过的稚龄学子轻声寒暄。

　　一阵"咚咚"的脚步声响起，一个高高的身影越过娜娜，疾步走向楼梯。娜娜眼睛一亮，这不是曾多次送她学习用品的校长曹奶奶吗？曹奶奶不但关心娜娜的学习，还在大会上说娜娜给社区补上了什么缺口，可以在什么档案里记上浓重一笔。虽然这话不容易懂，但娜娜觉得那是曹奶奶在夸她。

　　娜娜三步并作两步跑上前去，伸手轻拍曹奶奶的手背，冲着她直乐。曹奶奶也很高兴，笑着跟娜娜打招呼，还拍拍她的小脑袋，勉励她好好学习呢！

　　目送曹奶奶的身影消失在楼梯的转角处，娜娜不禁又想起了那些往事。

　　那是好几年前的一天，娜娜突然发现一起玩耍的伙伴集体消失，一个都找不着了。几天后的清晨，娜娜趴在窗户上看风景，却意外看到了几个伙伴。他们个个神气活现，穿着新衣服，背着新书包，在爸爸妈妈或爷爷奶奶陪伴下出门去。

娜娜问爸爸，伙伴们这是去哪里，去干什么？爸爸躺在床上看手机，好像没听到她的话。过了好久他才轻声说，伙伴是去一个叫做幼儿园的地方。

娜娜问爸爸，幼儿园是不是很好玩，她也想去。爸爸不吭声，既没说同意，也没说不同意。娜娜忍不住再三地问，可换来的依然是沉默，就像她以前哭喊着问爸爸要妈妈时一样。

娜娜不记得妈妈长什么样，好像看到过她的模样，但印象极模糊。伙伴很肯定地告诉娜娜，你一定有个妈妈。是啊，大家都有妈妈，娜娜也应该有呀！可为什么妈妈从不来看望娜娜呢？她缠着爸爸一次次问，可换来的是一次次挨打，之后就是一阵可怕的沉默。

娜娜害怕挨打，更怕那压得人喘不过气来的沉默，无奈只好放弃追问，转而在头脑里想象妈妈的样子。她将那些漂亮阿姨的某一部分搬来，像张阿姨的长发，李阿姨的长裙等，最后在心里凑成一个妈妈。只是妈妈的脸一直模糊不清，娜娜不知该把她描成啥样，唉，那就继续模糊着吧！

其实爸爸悄悄去过幼儿园，娜娜知道他是为了她上学的事，但没成功。那阵子娜娜的脾气很坏，心情也很不好。伙伴全部消失，除爸爸没人在身边，爸爸又不肯跟娜娜玩，她除了看电视就是发呆，觉得很无聊。对了，娜娜还经常饿肚子！很多时候娜娜找不到爸爸，也找不到吃的，肚子饿得咕咕叫，她就大声哭喊。后来连哭的力气都没了，娜娜就躺在床上睡觉，可没过多久就被饿醒了，再也睡不着了。

邻家好婆悄悄给娜娜送来好吃的。真香！太好吃了！她狼吞虎咽几口吃完，但还是不顶饿啊！后来好婆领来迎春桥居委会的阿姨。娜娜记得那天来的是个戴眼镜的阿姨，长得好漂亮，好像叫什么仲书记。她给娜娜带来可口的饭菜，还有不少零食呢。她要是妈妈那该有多好！娜娜知道这是她的痴心妄想，心里不禁一阵黯然，但转念想到能吃饱肚子了，不觉又高兴起来，搂着一堆好吃的不肯松手。

居委会的叔叔阿姨常来看望娜娜，连书记阿姨在内一共 5 人，4 个阿姨，1 个叔叔。他们带娜娜去食堂吃可口的饭菜，还给她买来一堆新衣服。这些衣服都挂在娜娜的小橱柜里，塞得满满当当，都快放不下了。此外还有皮鞋、袜子、手帕等，都是他们带给娜娜的。对了，书记阿姨还带娜娜去洗过澡。娜娜泡在暖暖的水池里，美得"啊啊"直叫，舒爽到了极至。只是这种时候太少太少了！爸爸怎么就不带娜娜去洗澡呢？娜娜想不明白，干脆不想。

等娜娜泡得透了，阿姨取出雪白的毛巾给娜娜擦拭身子，把她洗得干干净净，再穿上全新的衣裙。哇，太美了！娜娜忍不住怀疑，那个镜子里的小姑娘真的是她吗？怎么那么像电视里的白雪公主呢？

娜娜悄悄告诉书记阿姨一个小秘密，她想上学！可阿姨也像爸爸一样不肯回答她。后来，娜娜偷听到阿姨和爸爸的谈话，才知道她缺一个叫户口的东西。娜娜不明白自己为何没户口，也不明白为何没户口就不能上幼儿园，可那不是该由大人解决的问题吗？娜娜只是想上学！是的，她的愿望就这么简单。可是大人都不肯满足她，爸爸是这样，书记阿姨也是这样，要是妈妈在，又会怎样呢？

好吧，娜娜知道自己天生就比别人少些东西。她没见过妈妈，也没有爷爷奶奶，从她懂事起，家里就只有她和爸爸两人，住的房子还是租的，娜娜还经常没饭吃！现在，她又发现自己缺户口。今后会不会缺更多的东西？娜娜不敢再想下去，那就看电视吧，电视可以让她暂时忘记不愉快的事。

可是时间长了，就连电视也失去了吸引力，娜娜觉得日子越来越无聊。她去找过小伙伴，听他们讲幼儿园的故事，努力想象幼儿园的样子，觉得那里就是一座美丽的大花园。可不久后娜娜就不想去找他们了——他们说的都是幼儿园里发生的事，一个比一个说得起劲，唯独娜娜插不上嘴，她不认识任何一名老师，也没见过他们玩的那些游戏和玩具，更没有吃过幼儿园里的好吃的。跟他们在一起，她就像一个局外人，他们是一类，娜娜独个儿是另一类。

那天爸爸说娜娜有户口了，是书记阿姨说的，据说是因为奔什么全面小康才能特事特办。娜娜问爸爸，她能去上学吗？爸爸答不上来。他去找书记阿姨，书记阿姨就去找学校商量。校长朱爷爷皱起眉头跟书记阿姨仔细讨论一番，最终大手一挥同意了这个请求。

娜娜知道是她让校长爷爷为难了，你看他的眉头皱得都快赶上丑橘皮哩。校长爷爷还说了一长串难懂的话，娜娜就听懂了一句："一个都不能少！一项都不能缺！一步都不能慢！"

爷爷同意让娜娜上学。娜娜终于可以跟伙伴们一样坐进教室上课了！她笑得惊天动地，连太阳都被吓得不敢出门，倒是雨点滴滴答答响个不停，似乎在与这肆意的笑声互相应和。娜娜这样想：就像她的旧积木缺几块就搭不完整一样，校长爷爷也在搭一个很大的积木，少了一小块他都怕搭不好。

躺在床上，娜娜心里热烘烘的，似乎有只小老鼠在心里头拱来拱去，眼泪扑簌簌直往下掉，怎么都止不住。终于能上学了，娜娜应该笑，应该放声大笑，怎么能哭呢，她是不是很不争气?

可爸爸拿不出午餐费，没钱就报不了名，娜娜还是没法上学。她看着低头的爸爸，不知该说什么好，干脆跑去居委会找阿姨。阿姨给学校打电话，说娜娜的餐费交不上，请学校想办法。学校回应说，让娜娜放心去报名，她的一切费用都由学校出。娜娜那颗悬着的心终于放回到肚子里。

9月1日，娜娜背着书包走进校门。门口站着老师和保安叔叔，陆续有同学和家长说笑着从他们身边经过。一面比家里电视机大了好几倍的大屏幕上，不时钻出一串调皮的红色大字。爸爸告诉娜娜，那是学校在欢迎她的到来。

教室很干净，布置得很漂亮，娜娜进去时，石老师带着微笑在教室里迎接孩子们。那天她就像个好奇宝宝似的，觉得一切都是那么新鲜有趣，只顾着看这看那，眼睛都快忙不过来了，别的什么都没顾上。后来教室里安静了，娜娜才注意到石老师说话的声音。那声音十分动听，柔声细气的，就像三月的和风，让人从心底感到舒服。

石老师很爱娜娜，经常给她送水果和零食，爸爸不在时，她还亲自送娜娜回家，这让娜娜忆及梦里那个面容模糊的妈妈。石老师还告诉娜娜，她的入学补上了迎春桥居委最后一个缺口。娜娜不由得再次想起自家的那堆旧积木。

娜娜很满意自己的学习生活，和同学穿一样的衣服，用一样的课本，一起上课，一起游戏，还一起吃香喷喷的午饭。该怎么报答这些好心的爷爷奶奶、叔叔阿姨，还有老师和同学呢？这个问题在她心里盘桓了很久很久。

暖暖阳光一路伴着娜娜走进教室。同学们都在认真读书学习，娜娜端坐静思：大家都说想看到娜娜的好成绩，娜娜一定会付出努力，争取多拿好成绩，让大家都高兴！

三、档案话百年

从乐益女中到伯乐中学

沈慧瑛

历史须从档案中寻找答案，档案会告诉你真实的历史。曾经无数次进入库房，或调阅档案，或安全检查，或档案上架，或卫生清扫，看着一卷卷有序地安静地排列在档案箱、密集架上的档案，便触发我无尽的遐想，回放着苏州商会的成立、铁机工人的罢工、红色一号令的颁布、苏州新生的欢庆等一个个片段，侯绍裘、汪伯乐等风云人物仿佛不曾离去，他们正带着岁月的风霜从历史长廊中走来。100年，多少往事烟消云散；100年，又有多少往事历久弥新。建党百年，初心如磐；风雨兼程，铸造辉煌。

千余张老照片和中国第一个家庭杂志《水》，讲述着张冀牖捐资兴学的故事，中共苏州独立支部就从这里点起星星之火。1917年（一说1918年），江苏巡抚张树声的后裔张冀牖追随着先人的足迹，举家移居苏州，先后创办平林男子中学与乐益女子中学。乐益，取"乐观进取，裨益社会"之意，而女性唯有提高自身文化程度，才能立足于社会，并推动人类文明的步伐。张冀牖为将

乐益女中

乐益女中办成一流的学校，频频拜访马相伯、蔡元培、吴研因等知名教育家，参观沪上名校，学习先进的教育理念，聘请名师提升办学水平。其时苏州享有"东南教育之邦"的美誉，女子教育尤为发达，已有竹荫、英华、景海、振华、慧灵等女校，然而乐益女中因侯绍裘等中共地下党员的加盟，使其风尚有别于其他学校，它犹如一股春风吹醒了沉睡的人们。

1924 年秋，叶天底受党组织委派，赴苏州开展革命活动，他应聘到乐益女中担任美术教员。次年五月上海"五卅惨案"爆发后，全国掀起了反帝爱国运动的热潮，叶天底、许金元、秦邦宪在党组织的领导下，发动苏州人民声援上海罢工。乐益女中的学生们深受革命思想的影响，率先停课，走上街头，连续搭台演戏 3 天，向社会各界募捐，而叶天底亲自为她们画了舞台布景。

苏州各校募集银圆 6000，工商各界也踊跃捐款，2 万余元捐款全部寄往上海总工会。然而上海方面因罢工结束而退回余款，苏州遂将这笔钱用于修筑乐益女中边上的小路，并命名为"五卅路"。这次声援上海五卅惨案的行动，激发了苏州工人、学生的革命热情与斗志，为日后我党开展工作打下了良好的基础。同年暑假，中共地下党员侯绍裘应邀到乐益女中担任校务主任，同时他还带着重要任务，即成立中共苏州地方党组织。为更好地开展工作，侯绍裘邀请中共党员张闻天、共青团员张世瑜、徐诚美等到乐益女中任教，壮大力量。时隔 60 多年，张冀牖的次女张允和回忆当时听张闻天上课的情形："课堂上我们学习诗词歌赋、唐宋八大家，也学习翻译作品。张闻天老师讲的《最后一课》给我的印象最深，他学问好、思想新。"只是张允和不知道张老师是中共党员。9 月，侯绍裘、叶天底、张闻天、许金元等在乐益女中成立中共苏州独立支部，叶天底担任书记。他们邀请萧楚女、恽代英到苏州演讲，宣传革命思想，发展党员，为党组织增添新鲜血液，汪伯乐也于此时加入中国共产党。1926 年春，叶天底因病回到浙江上虞老家养病，由许金元接替叶天底担任苏州独立支部书记。8 月，许金元赴广州中山大学学习，书记一职由汪伯乐担任。

馆藏教育档案中有一期伯乐中学成立 20 周年纪念刊，读后令人无比感动。这是一所纪念革命烈士汪伯乐而设的学校，刊物上既有烈士汪伯乐的遗像，又有鼓舞人心的校歌和意义深远的校徽。

汪伯乐（1900—1926），名德骐，字伯乐，以字行，江苏苏州人，祖籍安徽休宁。他出生当年，父亲离世，4 岁时母亲也过世，叔叔担任抚育，但并不尽责，于是，年仅 8 岁的汪伯乐被送入苏州

汪伯乐像

孤儿院，以"勤工好学"著称。因汪伯乐"学科成绩尤其佳胜"，受到院长的青睐，毕业后让他报考江苏省立第一师范学校。在这里，他"精熟的是数学和英语。他有语言的天才，表达意见扼要而有条理，所以学校举行演说竞赛，往往是他得了锦标"。1919年"五四"运动爆发，汪伯乐参加各类活动，当选江苏学联苏州代表，他到处演讲，晚上到平民学校授课。

汪伯乐从师范毕业后，一直服务于教育界，希望以自己的知识回报社会。参加地下党工作后，汪伯乐以中华体育专科学校教员的身份做掩护，积极组织革命活动，并争取校长柳伯英的支持，为迎接北伐军作好准备。白色恐怖年代，从事革命工作意味着随时准备抛头颅洒热血，而且苏州遍布孙传芳的军警特务。1926年12月，因唐觉民致女友信中有"地下工作"字眼，不幸暴露了他们的身份，唐觉民、柳伯英、汪伯乐先后被捕。12月16日晨，汪伯乐、唐觉民、柳伯英被反动军阀孙传芳杀害于南京。叶圣陶满含深情写下《汪伯乐烈士传略》，"他平时曾说过能如刘华、周水平等为民众而死，就死得其所"。

烈士的鲜血不会白流。1927年8月，在苏州各界人士的呼吁下，以旧长洲县署为校址，建立伯乐中学。伯乐中学的校徽呈三角形，

184

底色是黑色，上边是一滴血，伯乐中学四个字是白色，其意为："黑的是铁，红的是血，白的是光。烈士：用铁般的力，洒鲜红的血，扬民主的光……彰烈士于千秋，传校史于无疆。"曾任乐益女中教员、昆山独立支部书记的王芝九为伯

伯乐中学校徽

乐中学撰写校歌，"励节劬学兮，志气恢宏；秉天地之正兮，廓一己为大公；虽牺牲亦所不计兮，靳国族之光荣；唯我烈士有此精神兮，宜慕迹而追踪……"

从张冀牗家族的旧影到伯乐中学的校刊，我们看到了侯绍裘、叶天底等中共党员在乐益女中点燃的革命火种，看到了苏州先进分子追求民主的革命激情，更看到了侯绍裘、汪伯乐为人民的幸福而牺牲宝贵生命的大无畏精神。

白驹过隙，百年即瞬。档案见证百年风雨，见证烈士对党的忠诚，更见证今日美好生活来之不易。英雄不老，他们长眠于地下，永驻于人们心中。

火热与艰辛

王林弟

苏州市吴江区档案馆藏有一盘电影胶片，这是 1960 年春江苏电影制片厂摄制的纪录片《速战太浦河》，记录了太浦河一期工程建设。近期，吴江区档案馆将电影胶片进行数字化转换，让更多的人有机会看到这部纪录片，感受这段热火朝天的建设场面。

家住吴江平望镇南杨村的沈美珍老太今年已经 81 岁了，那年她才 19 岁，和父亲一起到平望柳湾开挖太浦河。春节刚过，她和民工一起吃住在工地上。早上 5 点钟，军号响了便起床出工挖土挑泥，靠的都是人力，一干就是两个多月。

太浦河是连接太湖和黄浦江的一条人工河，全长 57.14 千米，西起东太湖边的时家港，经吴江、嘉善和青浦，最终至西泖河注入黄浦江。太湖流域河网密布，地势低洼，容易遭受洪涝灾害，历朝历代对于太湖治理十分重视，但是收效甚微。中华人民共和国成立后，新生的人民政权将太湖治理摆上重要议事日程。1957 年下半年，江苏省水利厅提出"两河一线"方案，建议开挖太浦河、望虞河，建设环太湖控制线，实行洪涝分治、高低分开的方案治理太湖。

太浦河 1958 年开挖，历经三期工程，江浙沪三地联手，1998 年竣工，2006 年通过验收。工程跨越时间之长、动用人工之多在太湖治理史上是空前的。

1958 年 10 月太浦河一期工程开工，苏州专员公署成立太浦河分洪工程指挥部，动员苏州专区的吴江、吴县、江阴、无锡和青浦等 7 县 12 万多名民工开挖。沈美珍就是其中的一员。施工组织以县为单位，民工按团、营、连、班为单位，实行军事化管理。当时，机械化程度不高，绝大多数靠人工开挖。少数工地上，铺上木轨道，用小木车运土，算当时最高水平的机械化了。民工们冒严寒斗风雪，披星戴月攻坚克难，每天施工 12 个小时。他们不叫苦不叫累，喊出"头顶星、脚踏冰，不完成任务不收兵"的豪迈口号，完成了一段又一段河堤的修筑工程。

吴江区档案馆安全保管科科长俞芹芳介绍说，太浦河一期工程开工前，每个民工团都会召开大规模的誓师大会，施工期间，各县民工团开展比工效进度、比工程质量、比团结纪律、比安全

太浦河建设现场

太浦河建设现场

生产、比勤俭节约、比共产主义风格的"六比"劳动竞赛。给她印象最深的是江阴团摆擂台的口号："赛常熟，胜吴县，超吴江，冠军红旗江阴飘！"摆擂打擂，挑战应战，互找对手，团与团、营与营、连与连、人与人的对口赛层出不穷。指挥部还刊印《太浦河前线》等宣传资料，宣传先进典型，公布比武结果，整个工地出现鼓干劲、争上游、夺红旗、保红旗、比学赶帮超的局面。

沈美珍的父亲沈小宝多次参加过挑泥比赛，也就是工地上的"放卫星"。沈美珍自豪地说，父亲那时40岁不到，能跑又有力气，挑的泥要比人家多一半，他拿过好几面红旗，还拿到奖励的米饭。

鉴于物资供应不足以及民力限制，第一次工程施工不久，苏州专署就决定太浦河工程分期实施。第二次工程于1960年2月复工，苏州专署动员吴江、吴县、江阴、常熟等4个县民工7.8万人，奋战3个月。1960年4月，太浦河第一期工程江苏段竣工，5月，江苏段40多千米放水通行。

由于太浦河工程没有达到预期目标，1978年下半年，水电部决定继续开挖太浦河。同年10月，苏州地区实施太浦河续办拓浚工程，调集下属8县民工13万人参加。工程于1979年春完成，江苏段基本成形。

1991年6月，太湖流域发生特大洪水，严重威胁人民生命财产安全，影响正常生产生活秩序。10月，国务院把太浦河工程列入太湖流域综合治理骨干工程。工程项目分别由太湖流域管理局和江苏、浙江、上海两省一市以及所在地市、县组织实施。由于太浦河江苏段全在吴江境内，吴江承担了大部分的施工任务。太浦河河道工程于1998年汛期来临前顺利竣工。2006年4月，太浦河工程通过水利部组织的竣工验收。

　　太浦河工程全面建成以来，在抗御 1995 年、1996 年、1998 年三次常遇洪水及 1999 年流域特大洪水中，在抵御 2003 年、2004 年流域严重旱情中发挥了重要作用。

　　如今，太浦河沿线的苏州吴江、浙江嘉善和上海青浦被纳入长三角一体化示范区，沪苏浙两省一市推出太浦河"联合河长"制度，实施太浦河综合治理，融水安全、水生态、水景观、水文化于一体，把太浦河打造成为城水相依、人水相亲的生态绿廊。

　　平望镇实施苏州运河十景之一的"平望·四河汇集"项目，在太浦河与大运河交汇处建设运浦湾景观，拆除"散乱污"，目前亲水休闲绿地已经成形。60 多年后沈美珍老太太再次来到奋战过

太浦河节制闸

的太浦河边，感叹万千：真是太漂亮了，现在想起来，那时我们的辛苦是值得的！

太浦河工程是一部气吞山河、波澜壮阔的奋斗史诗，是一本协同治水、联合管水的教科书，是一座感召当代、流芳百世的精神丰碑。太浦河不仅将洪水引向大海，守护着长三角生态绿色一体化发展示范区的安宁，也将成为生态建设"高颜值"、绿色发展"好气质"的景观河！

百年利泰的兴衰与重生

王敏红

翻开太仓市档案馆珍藏的太仓利泰纱厂的档案，一张张泛黄的黑白照片赫然映入眼帘，民族纺织业百年艰辛奋斗的历程亦从故纸里徐徐展现。令我肃然起敬的同时，不禁探寻起利泰百年披荆斩棘、继往开来的路径，感受其在中国共产党的领导下勇于探索、砥砺前行的奔腾活力。

1905 年，太仓富绅蒋汝坊、顾公度、宗尧年等人怀着"实业救国"的民族大义，招股集资规元 50 万两，用于购买土地 80 余亩、建造厂房和购置机器设备，创办"济泰纱厂"，开投资纺织之先河。1906 年，纱厂正式投产，采用太仓本地棉花为原料生产棉纱，产品以"太狮"牌为商标。当时，工厂拥有英制细纱锭 1.3 万枚，专纺 14 支棉纱，日产量为 30 万件，产品销往太仓本地及邻近州县。济泰纱厂是太仓第一家棉纺厂，也是我国民族纺织工业的前驱。

此后的 20 年间，工厂资本不断积聚，工厂规模不断扩大，当

利泰纱厂原大门

时适逢第一次世界大战结束，西方国家工业发展处于低谷，济泰纱厂作为最早一批国内实业企业，带领着中国民族工业向前发展。至1926年，在"抵制洋货，挽回利权"初衷使然下，"济泰纱厂"更名为"利泰纱厂"，并于1928年设计使用"醒狮"牌作为产品商标，其寓意为"唤醒国人，振兴国货，振兴民族经济"。此后，利泰纱厂开始扩大棉纱产品原材料的挑选范围，除在太仓、常熟就近收购外，还远赴山东、湖北等地采购棉花，"醒狮"牌棉纱也开始销往全国各地，从此享誉大江南北。在抗日战争的动荡岁月里，利泰纱厂濒临破产，但是他们克服重重困难，在夹缝中求生，依然怀着一片爱国热忱，积极捐献棉花和纱布等物资，支援抗日前线。

中华人民共和国成立后，利泰纱厂重获新生，于1954年成为江苏省最早公私合营的企业之一。在党的领导下，利泰纱厂进行了一系列改革，建立健全了各项生产、经营管理制度，同时拆除了危房，扩建了生产车间；建造了职工集体宿舍、职工家属宿舍以及食堂、托儿所等；更新改造并添置了机器设备，安装了空调装置。同时改装电力设备，到 1958 年工厂接通上海电网，从此结束了 50 多年蒸汽引擎的传统历史，生产力得到了解放。彼时的利泰纱厂不管是生产技术还是棉纱品种和棉纱产量、质量都处于中国纺织业发展的前沿。1966 年，利泰纱厂更名为"国营太仓棉纺织厂"，此时工厂拥有纱锭 2.5 万枚，职工 1000 多名，资产总额达 496.65 万元，成为当时最具规模的棉纺织企业之一。1979 年，"醒狮"牌商标在中国工商局成功注册，沿用至今。

改革开放初期，利泰扩大厂区，先后从瑞士、德国、日本引进先进织造设备，一度形成 17.5 万纱锭、272 台喷气织机的规模。同时进行生产技术革新，在全国较早研发出中长涤 / 粘纱、中长涤 / 腈纱混纺产品，结束了 80 多年单纺厂的历史。并与香港华润集团、江苏省纺织品进出口公司合资成立江苏华利纺织有限公司，获得了自营进出口贸易权。从此，"醒狮"牌产品源源不断地自营

"醒狮"牌商标

20世纪70年代后期生产车间

出口日本、韩国及欧美市场，企业年均创汇超千万美元。1984年，国营太仓棉纺织厂更名为"太仓利泰纺织厂"，在"醒狮"牌产品的辐射影响下，太仓逐步成为闻名全国的纺织基地。

2001年，利泰纺织厂积极响应国家加快和深化市属企业改革和发展的号召，成为太仓市第一家改制的市属企业，更名为"太仓利泰纺织厂有限公司"。当时，国有资产除保留18.2%份额外，其余全部退出企业。改制8年，利泰销售收入每年增长近亿元，成为中国棉纺织行业前50强"排头兵企业"。2008年，一场席卷全球的金融风暴给中国纺织业带来了重创，百年利泰也处在风暴中心。面对这一危机，利泰审时度势，进行二轮改制，走并购重组的改革之路，江苏金昇实业股份有限公司入主利泰，并购当年，利泰扭亏为盈，同时进入建厂百年来发展最快、业绩喷发式增长时期。

随着国家"一带一路"倡议的实施，百年利泰青春焕发，沿着古丝绸之路发掘商机。重组后的利泰从2015年开始分别在新疆、乌兹别克斯坦投资建设，逐步打造"绿色、智能、定制、共赢、循环"的全新纺纱模式，引领和推动中国纺织行业转型升级。

百年利泰，历经辛亥革命、北伐战争、抗日战争和解放战争，五易厂名，几经沉浮。在中国共产党的正确领导下，经过锲而不舍的顽强拼搏，发生了翻天覆地的巨变，取得了有目共睹的辉煌成就。它的发展是中国近代民族工业进步的缩影，更是我们党和国家事业大踏步前进的真实写照。

恰同学少年

——记少年中国学会苏州大会

沈丽萍

  当我翻开苏州园林档案馆馆藏的一卷卷《少年中国学会会刊》时，那尘封已久的往事，不经意间将时间的指针回拨到 98 年前。"28、29、30……"我不由自主地一遍又一遍默念着这些数字，在这一长串的数字之中，闪耀的正是一个个风华正茂的少年才俊的身影。

  1923 年 10 月 14 日上午，少年中国学会的进步知识青年相约文化名城苏州，齐聚吴中名园留园开会。与会的多为宁沪两地的会员，有恽代英、邓中夏、刘仁静、左舜生、杨贤江等 17 人，他们饱含满腔热情，共话民族独立，共谋救国图强。这一年，他们有的刚届而立之年，有的才过弱冠之年，其中恽代英 28 岁，邓中夏 29 岁，大会主席陈启天 30 岁，最年少的是刘仁静 21 岁，最年长的是涂开舆 34 岁。在那个风雨如晦的年代，一群以建设"少年中国"为己任的有志青年走到一起，将青春韶华都赋予了这崇高的革命事业，晕染开人间天堂的如诗画卷。

少・年・中・國・學・會・月・刊

少年中國學會蘇州大會宣言

少年中國學會會員，於民國十二年十月十四日蘇州大會，以與會者的同意，決定學會應行方針暨

「求中華民族獨立，向青年中間去。」

並製定學會綱領九條，宣告於國人說：有心的國人，願當猛醒啊！我中華民國創造迄今，已十二載。然而內政日益衰亂，外交日益墮落。因經濟的壓迫，兵匪的紛擾，民生日窘迫，民氣亦漸消沉，其實非日被其帝國主義的侵略，于涉乾涉，勒派賠款，慫恿內亂，欺凌人民，以舉一國政治經濟的大權，俱為外人所宰制，而國民的思想貧弱，亦不自覺的漸安服於強鄰勢力之下。近年以來，財政共管的呼聲，已厮不聞國民黨赤色的反訛；而外力干涉的論調，甚至於日漸爲一般恬讓者的戲呼。中華民族的獨立精神，日益墜落於不同的境地。有心的國人，願當猛醒啊！

國人不知注意現狀的經濟及其他社會問題的真正現象，亦欲少切實到若以團結民衆，從事於啟誘國民自決的心理。一般知識界的領袖，只如托庇於外國勢路的文化政策或教育之下，歐頌美美執政的功績，談養嚴美人民道德知識的高尚。一也們對於國有仁關鍵的重要問題，凡有不見外人面關的，均以虛不願加以討論主張。他們習見軍閥的專橫，竟諉的矢斥，路財的趨迫，故事的苟征，只如唱自國家所烏，而如敦的緘默。他們决不賣想因國啟斂瘠的人，世所告行；他外國勢力，使人且失安常樂業的狀况；所以他們有憑藉以叶喑其使業；外力激勸，與兵匪反軍械財收的便利，所以他們有侍恃以進行其中甲。一切內部的滅威，無非國際壓菜之所如起，亦無非國勢衝陸謀之所促成。乃不知以打倒國際勢力爲

培養為民族獨立運動犧牲的品性。

九、提倡學術教育與通國教育，以培養中華民族獨立運動的實力，且注意聯絡國內各民族的感情，以一致打倒國際勢力的壓迫。

陳啟天　楊效春　李儒勉　沈昌　倪文宙　唐嗣昌　曹芻
郭仲海　惲代英　劉仁靜　楊賢江　常道直　徐圓興　張紹文
惲震　左舜生　楊邨諸　田漢　黃仲蘇　盧濟波　沈澤民
（按田漢惲沈四君并未加入蘇州會議均因同意此項宣言簽名。）

1923 年 12 月，《少年中国学会会刊》刊载的苏州大会宣言

20 世界 20 年代留园旧影

那个年代，经过"五四"运动的洗礼，越来越多的中国先进分子集合在马克思主义旗帜下，结社团，出刊物，办学校，传播先进思想。1919年7月1日，李大钊、王光祈等在北京成立少年中国学会，毛泽东、张闻天、侯绍裘等众多仁人志士都曾加入这一组织中。在出席少年中国学会苏州大会的代表中，就有参与中国共产党筹建工作的邓中夏、恽代英，有身为中共一大代表、见证了中国共产党诞生的刘仁静。少年中国学会作为"五四"时期最大的进步群众团体，为早期马克思主义中国化发展起到了积极作用。蔡元培给予高度评价："现在各种集会中，我觉得最有希望的是少年中国学会。因为他的言论、他的举动，都质实得很，没有一点浮动与夸张的态度。"

少年中国学会自成立以来，先后在北京、南京、杭州召开年会。1923年在苏州召开会议，议程为：（一）会员报告心得；（二）改组学会精神案；（三）改良月刊案；（四）本会对曹锟贿选态度案。会议开了整整半天，田汉原本参会作文学方面的报告，但因故缺席。会议记录员曹刍专门撰文，在《时报》教育世界栏目分两次发表《少年中国学会苏州大会纪事》。

与会发言的每一个人都作了充分准备，他们针砭时弊，既提问题又找对策。因此，会上指出"此后开大会时，由会员报告心得，报告后，撰文在月刊上发表"。所谓月刊，指的是《少年中国》和《少年世界》，这是学会创办的两份刊物，前者注重文化运动，后者注重实际调查。后来成为中共苏州独立支部领导人的张闻天，当时便负责《少年世界》的校勘印刷。少年中国学会会刊，不仅在只字片语中碰撞出革命的思想火花，更为马克思主义传播提供了重要的宣传阵地。

当天会上，陈启天、李儒勉、梁绍文、曹刍针对不着边际的空泛主义和个人享乐主义弊端，就改造学会精神予以提案。会议决议"求中华民族独立，到青年中间去"的目标，并附九项具体办法，学会务实作风历历在目。

与会代表左舜生还对少年中国学会月刊的内容、编辑、销售、印刷等存在的问题进行提案。会议决议：一是以后每期必须有两篇关于宣传学会精神的文字，但专刊除外；二是会员每年必须提交两篇稿件，由各分会通讯员负责催稿，编辑员校审；特殊稿件可聘请相关人员审核，但必须规定审稿期限；三是针对每月只有两千份的月刊销量，明确由各分会进行推广销售。同时，会上对于月刊印刷、邮寄分送等事宜也提出了很好的建议。

少年中国学会苏州大会召开期间，正值直系军阀首领曹锟以巨款贿赂国会议员当上总统不久。会员曹刍提出"总统贿选，堕落全国国民人格，本会应声罪致讨……"与会代表决议声讨曹锟贿选的无耻行径。此外，因考虑学会"北京会员较少，且各以事牵，不能过问会务，不速谋补救，会务或将中辍"，会议还动议将学会总会由北京迁往南京。

此次会议发布了《少年中国学会苏州大会宣言》，进一步明确了学会"求中华民族独立，到青年中间去"的方针，并制定学会九条纲领。苏州大会宣言具有鲜明的革命色彩，言辞中不乏出现"反对国际帝国主义""打倒军阀""打倒国际势力的压迫"等口号，这在一定程度上，是受到了中共二大所制定的民主革命纲领的影响。少年中国学会的创立者王光祈阅读宣言后，对苏州大会所制定的少年中国学会方针和纲领予以认同，认为其符合"本科学的精神，为社会活动，以创造少年中国"的学会宗旨。

少年强则中国强，少年独立则中国独立。回望中国共产党百年来的光辉历程，在中华民族艰难前行的荆棘路上，在中国共产党奋勇跋涉的征途中，少年中国学会所铸就的青春风骨，正如一座座青山傲然挺立，支撑起中华民族的脊梁。而在山温水软的风雅苏州，在曲径通幽的写意园林里，这些青春风骨又与江南的吴门烟水互为映带，与绵延的姑苏文脉相融相生，构筑起苏州两千五百多年悠悠历史长河中的亮丽风景！

我为兰台添锹土

薛金坤

我非兰台人，愿为兰台添一锹土。

2018年我将祖上留下的自清乾隆二十九年以降120多件土地买卖、找贴、抵押契约、兄弟分拨文书、上下忙银和漕粮版串等文书悉数无偿捐给苏州市档案馆。

家庭是社会的细胞。我祖上世代务农，诚如费孝通先生所言，是"拖泥带水下田讨生活"普通得不能再普通的农民。也正因为此，祖上留下来的这些契约，不仅承载了我家的兴衰与嬗变，也在很大程度上见证了江南农村社会近200年间，历经晚清、民国、新中国几个历史时期的沧桑巨变。说家庭是社会的缩影，一点也不为过。

中国传统社会崇尚儒家思想，以"君君臣臣、父父子子"为治理准则。一个普通的家庭到家族，虽有兴衰却总能绵延不绝。祖上三件兄弟间分割家产的分拨文书和无子立嗣的文书，为家族绵延提供了最可信的实物。由此再去拜读费孝通的《江村经济》

《乡土中国》《生育制度》就会有深刻的理解。同时也会明白江南农田何以鸡零狗碎极度分散，即便是拥有上千亩土地的地主，其土地也同样是高度分散，为数以百计的佃户所承种。从纯经济的角度看，小农经济必然阻碍农业的规模化发展，必然无法抵御外国农产品的入侵。也就不难理解中华人民共和国成立后，为什么继土地改革后不久就要推行集体化。

土地是农民的命根子，但令人惊讶的是江南农田不仅高度分散，而且买卖频繁，买卖所立的契约绝大多数为白契。这种买卖还分别为绝卖与活卖，活卖者可以限期回赎，到期不赎还可找贴、撮借、贴绝。这种形式的买卖不仅仅限于自田，也存在于永租田。租田也可不经田主的同意由佃农自主出卖，从而使乡村的土地买卖不仅频繁而且复杂。不过，那些土地买卖的契约，虽然有其固定的格式，难免有些套话，但还是可以从中读出村民出卖土地的无奈与悲怆，有的就直诉因母亡无钱下葬而卖地等语。我曾祖母在曾祖父死后不久，于民国九年十一月连续立约，出卖了 7 块租田计 4 亩 4 分 7 厘 3 毫，得钱 139 元，尚剩之租田不足 5 亩。很显然，要维持一家 5 口的生活已不可能。这也许就是我祖父去上海打工的最大原因。彼时如我祖父那样迫于生活离乡进城谋生的绝非少数。薛暮桥的无锡礼社调查报告《江南农村衰落的一个缩影》和其他调查报告都谈到农民弃乡进城，很多人又因找不到工作而流落街头，成为城市一大社会问题。20 世纪二三十年代的乡村就是如此不堪。

中国乡村的地权向为学界热议的一大问题。孙中山先生提出平均地权，耕者有其田的主张，写入了国民党的一大宣言：民生

卖地契

主义最要之原则，"一曰平均地权，二曰节制资本"。但在六年后才颁发的"土地法"，仍维持土地私有制度，认为土地私有乃是铁的法则，否则会天下大乱。虽然对地主收取地租作出"二五减租"的限定，但受到地主们的普遍抵制，故并没有贯彻实施。因此佃户所交的地租仍维持在一般为每亩一石上下。江南佃农早在清初，顾炎武就指出"吴中之民，有田者十一，为人佃作者十九"。虽有人认为言过其实，但民国时期大量的社会调查都认为江南佃农所占比重远超北方，完全的佃农和半佃半自耕农占绝大多数。在沉重的地租压力下，农村中最贫困的除了少数的雇农外，就是佃农。

从先秦到民国，田赋是国家财政的最大来源。土地所有者和官府则构成乡村社会另一个对应关系。由于我祖上除租田外尚有1亩8分3厘自田，除向地主还租外还需向官府缴纳解钱粮。当然，钱粮的征缴也是大有讲究的，拥有成千上万亩地的，尤其是有官宦背景的地主享有特别的优惠，他们每亩所纳的田赋反比小户少，于是就有一些小户傍大户以此逃税。而一个县的田赋总额是恒定的，田赋的负担就无形中转嫁到了小户头上，地主借助官府权力加强对佃户的催租，官府为确保田赋足额征缴，也为地主催租保驾护航，清末到 20 世纪 20 年代官民共建的催租局、田业公会、押佃所等应运而生。官府公开介入并不惜武装参与地主的逼租行动，将欠租的佃农关进县狱，农村社会矛盾进一步激化，农民的反抗是必然的。费孝通先生指出，农村的危机在于"农民的收入降低到不足以维持最低生活水平所需的程度，中国农村真正的问题是人民的饥饿问题""当饥饿超过枪杀的恐惧时，农民起义便发生了""共产党运动的实质，是由于农村对土地制不满而引起的一种反抗"。中国共产党为了民族的独立和人民的幸福，解决了困扰农民数千年的土地问题，尤其在新时代，农民的获得感得到极大提升。

《清代以来苏州土地契约文书解读》书影

基于以上的粗浅认识，我撰写并出版了《清代以来苏州土地契约文书解读》一书。始料未及的是，在 2020 年省档案局、档案馆举办的全省档案开发利用成果奖评选活动中获得一等奖。捐赠家藏契约文书，为档案馆丰富馆藏作出绵薄之力，而小书的获奖，是不是为兰台添的那锹土又加了个"浇头"呢？

唱响望亭大运河文化

徐玉琳

　　望亭地处京杭大运河之畔，系京杭大运河进入苏州的第一镇，是苏州"运河十景"之一。公元前 495 年，吴王夫差为与楚国抗衡，下令开凿自苏州望亭经无锡到达常州奔牛镇的一段运河，距今已

京杭大运河望亭段

有两千五百多年，是京杭大运河最早的一段河道。如今京杭大运河望亭段，北起望虞河，南至高新区浒墅关镇，共计 6.5 千米。

运河是望亭最重要的历史文化符号之一，历经千年积淀，京杭大运河望亭段留下了极其丰厚的文化遗产：沙墩港、观鸡桥港、牡丹港、仁巷港、南河港等水系遗存，古长洲苑、月城、皇亭碑、迎湖禅寺等古址遗存，崧泽文化时期、新石器时代等各时期的出土文物，以及大量的非物质文化遗存。望亭地志馆现有馆藏文物 500 件，包括二级文物 5 件，三级文物 150 件。馆内固定陈列有关大运河的文物，其中 50 余件是新石器时代、良渚时期和各时期在古望亭月城遗址和螺蛳墩遗址出土的，让参观者零距离感受运河历史文化。

望亭镇近年来聚焦"大运河"这篇大文章，做好文化传承。前后两次召开大运河文化带建设专题会议，吸引了众多专家、学者、乡贤参与运河文化的保护与传承，进一步挖掘大运河历史文化、讲好名人轶事、做好生态提升。当地政府组织人力，查阅大量历史文献，历时两年在望亭运河公园的核心位置恢复了御亭、皇亭碑、驿站、石码头牌楼等历史遗存，将文化基因融入有形建筑群，同时将望亭老街风貌、遗址考古文化、中医文化等特色内容融入其中。望亭驿展示馆内运用幻影成像技术，模拟呈现古时驿站车马人群川流不息的繁荣景象，带领人们穿越时空，切实感受驿站文化。新建望运阁，依次设计了史说大运河、望亭运河文化、望亭运河的治理三个主题展区，生动讲述大运河与望亭发展的历史故事。为了更好地弘扬和传承运河文化，2019 年，相城区举办"诗咏运河"全国运河名城书法名家邀请展，邀请了 20 多个城市 100

多名书法名家，进行以歌咏运河古诗为内容的创作。2020年，从170余篇作品中精选100首名家作品，建成总长73.6米的"运河百诗碑廊"，以复廊形式双面呈现百余幅运河沿线城市的书法碑刻引起人们的关注。漫步诗廊，读着唐代诗人杜荀鹤的《送人游吴》"君到姑苏见，人家尽枕河。古宫闲地少，水港小桥多。夜市卖菱藕，春船载绮罗。遥知未眠月，乡思在渔歌"，看着浩浩荡荡的大运河穿镇而过，仿佛跨越千年，吟咏古诗，赞美吴韵今风。

生于斯长于斯的望亭人，以自己的方式表达对这方水土的热爱。60位本土演员自编自演了情景剧《印象·望亭》，以运河文化为主线，经过实地考察和档案挖掘，讲述了望亭人的历史和运河生活，展示了望亭的特色民俗和文化发展成果，描绘了一幅运河古镇的美丽生活图景。《印象·望亭》登上江苏大剧院的舞台，让更多的人了解运河文化，了解望亭。

情景剧《印象·望亭》

　　大运河是古人留给后人的富贵财富。当下的人们继承大运河文化遗产的同时，抓住契机，主动融入相城区"十百千万"工程，完成了运河西岸堆场、码头、建材厂、修船厂等相关地块的淘汰整治，不断改善环境；完成了运河东岸五金加工、注塑、建材等相关企业的清理整治，打造了400亩的智能制造产业园，让运河之畔的老工厂旧貌换新颜；建设了集遗产保护、文化研究、生态旅游等功能于一体的运河公园暨历史文化街区，荣获2019年度苏州十大民心工程。

　　大运河文化带建设，以档案作为支撑和依托，用历史文化底蕴厚植发展根基。望亭作为苏州"运河十景"之一，凸显"稻作、古驿、运河"三大文化印记，打造"运河吴门第一景"做美大运河苏州段"第一印象"，擦亮"吴门望亭"特色名片，彰显"运河吴门第一镇"实质内涵。

永远的希望

——从《朝霞》解散号到《新朝霞》创刊

秸秋语

朝霞，迎接黎明，象征希望。

朝霞社，是 1948 年春季，在江苏省立太仓师范学院成立的一个群众性社团。

当时，正是国民党反动派统治后期，太仓地下党组织逐步建立起来，带有革命色彩的社团活动开始兴起。蒋式东、褚正两位老师是朝霞社的发起者，他们认为要推动爱国学生社团运动的蓬勃开展，必须团结广大学生，建立一个全校性的学生团体，起到学生自治的作用。针对同学们爱好文体活动的特点，确定这个团体以学习文艺开展文体活动为内容，以争取合法地位，在学校当局承认下开展活动。

由于活动内容符合同学们的愿望，半个月的时间，就有 60 多位同学报名参加。当年 5 月下旬，朝霞社召开会员大会，通过了朝霞社章程，民主选举了社长和副社长。大会决定出版《朝霞》油印小报，半月一期，刊载同学们追求自由、民主、进步和揭露国民

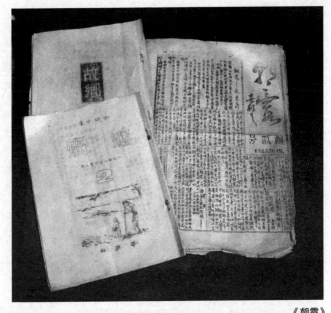

《朝霞》

党反动统治迫害学生运动的散文、诗歌、小小说、杂文等。为了获得在学校的合法地位，扩大朝霞社的影响，特邀请教务主任吴攸之书写"朝霞"两字刻成木章，作为小报刊头。

朝霞社定期举办学术讲座，有讲演陶行知的教育思想，有讲诗歌写作以及雕塑艺术等，同时开展文体活动，组织球类比赛，唱革命歌曲《团结就是力量》，跳《我们同在一起》的舞蹈等。这些活动吸引了一部分平日埋头读书的同学投入到火热的学生运动中来，使朝霞社在师生员工中得到好评。当年9月开学后，参加朝霞社的同学猛增至140多名。到1949年春，朝霞社各项活动的参加人数共有250多名，占全校同学的二分之一以上。

朝霞社的不断壮大引起了学校当局的监视和压制。训育主任郭立岑曾找社团骨干谈话,施加压力。1948年深秋,《朝霞》刊登陆焕写的一首《向日葵》新诗,郭立岑责问陆焕:"现在哪有向日葵?"陆焕不卑不亢地回答:"向日葵春天种,秋天收,现在正是向日葵的收获季节。"1949年3月,朝霞社准备召开干事会,讨论在青年节上组织全校性晚会活动,郭立岑得悉后即下令禁止。但干事会照常举行,研究对策,决定改变活动方式,将晚会改成了春游,巧妙地进行了迂回斗争。

　　不久,我地下党领导得悉国民党当局准备到太仓师范学院抓人,立即安排学生骨干转移到上海。后来,学校当局贴出布告,责令朝霞社停止活动。太仓地下党组织接中共嘉太工委的指示,

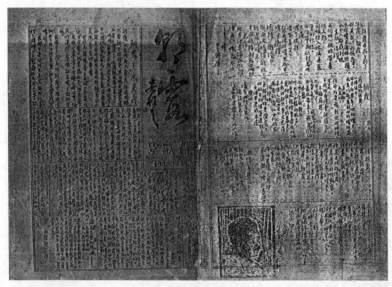

《朝霞》解散号

把工作重点放到发动同学开展护校斗争上，完善站岗放哨，一直坚持到人民解放军 1949 年 5 月 12 日解放太仓城。

太仓解放后，学校建立了学生会和团支部，朝霞社召开会员大会，认为社团已经完成了历史使命，决定解散。1949 年 10 月 15 日，最后一期《朝霞》解散号出版，标志着朝霞社的前辈们完成历史使命，迎来了一个崭新的时代。

2021 年 2 月 24 日，太仓市委组织部创刊了《新朝霞》。奋斗百年路，启航新征程，"朝霞"精神，代代传承。

凿通官山岭 修筑窑上路

李嘉球

苏州人大都知道太湖之滨的光福有个窑上，窑上枇杷、窑上桂花，更是名闻遐迩。窑上曾是个自然村，相传明初朝廷曾在此设立砖窑，为金陵（今南京）皇城建造烧制砖块；窑上也曾是个行政村，1958 年成立窑上大队，1983 年改称窑上村，2003 年 11 月与香雪、潭东行政村合并成立新的香雪村。

窑上的地理环境在苏州堪称奇特，三面围山，一面临湖，高耸的西碛山、铜井山、卧龙山与浩瀚的太湖将窑上包围成一个"世外桃源"。世代居住在这里的百姓出行十分困难，即便是上光福集镇亦需要翻越官山岭、峙崦岭两重山；如要装载货物只得走水路，船只由太湖转入铜坑港，穿越西崦湖，才能到达光福镇区，倘若遇到刮风下雨真是险象环生。20 世纪 50 年代，光福镇区到苏州潭山矿区的公路筑通后，终于可以不必翻越峙崦岭，但是还有官山岭挡住了步伐，村民仍然无法使用自行车、摩托车、汽车等现代交通工具。翻山越岭上街，肩挑手提带物，这曾经是窑上

官山

人生活的真实写照。

1965 年，原窑上大队党支部决定学习"愚公移山"的精神，开凿官山岭，修筑一条窑上路，彻底解决老百姓的出行难。曾经当过志愿军铁道兵的大队党支部书记周春林亲自担任总指挥，曾在吴县采矿公司工作、有过开山经验的党支部委员顾福兴具体负责现场施工。

窑上路全长 3 千米，贯穿上官山、中官山、下官山、涧里、顾家场、坟里、东头村、周家堂、原窑上大队等自然村。工程分为两部分，先是筑通各自然村之间的路，然后再凿开官山岭，最艰难的当然就是开山。经过一番实地考察，最终选定官山岭最低凹处，但是作业面十分狭窄，无法大兵团作战。1965 年冬天，原窑上大队党支部抽调基干民兵组成突击队，当时窑上大队总共有12个生产队，大的生产队抽2人，小的生产队抽1人，共计16人。开山所需的炸药、雷管向吴县采矿公司申请，领回后寄存在苏州潭山硫铁矿的火药仓库。为了早日凿通，在官山岭东、西两端同时开凿，突击队员将午饭带到工地上，起早贪黑；官山岭顶上的土地庙观音堂临时改为铁匠铺，负责锤打修理开山打炮眼用的钢钎等工具。

筑路需要占用土地，而官山岭东端的山地属于香雪大队。由于预先沟通不到位，香雪大队党支部书记顾衡仁带了一帮人来到工地，与正在现场指挥的窑上大队书记周春林交涉，两位书记年轻气盛，一个为了保护大队集体的山地，一个为了尽早将路筑通，互不相让，最后由公社书记出面调解，协商确定，公路走向沿山荡田边弯曲前行，不占任何田地。最后凿通攻关时，窑上大队全体干部齐上阵，苦干一夜，终于凿通官山岭，圆了百姓的百年通路梦。

窑上大队发扬"愚公移山"精神、凿山筑路之举得到了上级党委和政府的嘉奖，吴县人民政府特地奖励他们50元人民币。窑上大队的干部与群众则认为既然是自力更生，就不能要任何的奖赏，毅然决然地将钱退还给了县政府。

由于当时开凿官山岭没有专门的工程设计，开通后窑上路东、西两端落差达1米多，摩托车、汽车仍不能通行。此后经过几次修补，特别是1990年在驻苏部队的支持下，再次开凿官山岭，降低陡坡1米多。当时的窑上路是条泥石路，载重汽车通行后变得高低不平，坑坑洼洼；官山岭的坡度仍然很陡，车辆通行存在隐

官山岭公路

患；而在坟里村旁还有一个陡坡，民间流传有"公路跑得得得吼，还有一个小巇山"语，意思是说：车辆跑光福集镇等外面跑得很通畅很频繁，但是在坟里村段还有一个陡峭的小高坡。

1994 年冬，窑上村党支部决定再次修整窑上路。在驻苏部队的支持下，再次开凿官山岭，降低坡度 2.5 米，坟里小坡也开凿降低 1 米多。工程于 1995 年 10 月竣工，路面全部浇筑成水泥路，共计投资 140 万元。至此，经过几代窑上人历时 30 年前赴后继的努力，窑上路真正成了平坦之路，成了百姓致富的幸福之路，窑上村"花木之乡"的花卉苗木得以用汽车源源不断地运出深山，运往各地。

三代人的红色档案

晓 宇

之所以称为红色档案，是因为这些故事都被一股股鲜血和汗水浸染，同时也被一颗颗红心镶嵌，它们历久弥新，永不褪色。翻看祖父、父亲和我三代人的档案，不禁让我心潮起伏。这些反映个体记忆的档案有由战争时代革命烈士的鲜血染成，又有反映和平年代军人的报国热情和默默奉献，还有第三代整理的扶贫实录，它们让我家一代代人一遍遍地重温着、回味着、铭记着。

爷爷的档案：鲜血染就

在老家的墙上，张贴着一张烈士证，虽然已经褪色，但仍然散发出耀眼的光芒，那是我的爷爷夏贵松参加革命牺牲后如皋市人民政府颁发的，是我家的第一份红色档案。

我家在张家港，爷爷小时候上过几年私塾，有点文化，耳闻目睹新四军打土豪分田地一心为民的作为，是一支官兵一致的革命

烈士证

队伍，就毅然参军。他参加过大小战斗100多次，多次立功受奖。不幸的是，爷爷在参加如皋高明庄的战斗中牺牲了。

　　1941年11月上旬，日伪军对新四军苏中三分区发动了报复性的"扫荡"。旅长叶飞决定先以地方武装与敌周旋，使敌人疲劳，并以假设主力目标吸引日伪军合围，使日伪军连连扑空，疲惫不堪，然后伺机狠狠收拾日伪军。果然，日伪军被搞得人累马乏，准备结束"扫荡"撤回据点，叶飞判断这股日伪军返回泰兴各个据点时必经如皋县西部的高明庄，决定在那里打个伏击战。激烈的战斗中，一下子蹿出的八个伪军将爷爷团团围住，但爷爷毫不畏惧，独自与他们展开了搏斗。一个伪军突然拔出刺刀，狠狠地刺向他的右臂。爷爷拿起冲锋枪对准敌人一顿乱扫，伪军们的机关枪像发了疯一样向爷爷反击，爷爷不幸中弹牺牲。

　　这么多年，爷爷那张烈士证犹如一簇火焰，始终温暖着、感染着、鼓舞着我们一家。

父亲的档案：汗水浸润

我在整理父亲书桌的时候，找到了一些泛黄的、已经褪色的奖状、证书和一些奖品，这是父亲的历史与荣光。当我静心阅读了他的日记，我禁不住泪湿眼帘。因为是烈士后代，父亲在参军的时候有政审优势。父亲夏宝财在 1965 年入伍，他苦练本领，立志报国。在部队，服从命令听指挥，英勇作战，两次立功。

当兵三年退伍后，父亲回到家乡务农。在生产队劳动，他帮助乡亲们学习文化知识，月月出满勤，休息时间搂树叶、拾粪、捡柴、开荒种地，增加微薄收入，补贴家用，永远是一个闲不住的人。在那个年代，父亲依然怀着一颗赤诚之心，在艰苦条件下默默地劳作着，从来没有听到过他有一句怨言，他以自己的实际行动表达着对党的热爱和忠诚。

父亲的一生是短暂的、艰辛的、平凡的，但也是美好的、乐观的、积极向上的，因为他在短暂而艰辛的生命历程中有过坚强、有过奋进、有过收获。这沓薄薄的档案，虽没有我想要的关于父亲的全部答案，但它却清晰地再现了父亲勤劳朴实、甘于奉献的人生，凝结了父亲毕生的心血和无尽的汗水。

我的档案：初心绘写

在我面前的档案袋里放着几本本子和一沓沓照片，本子上密密麻麻的数据正是我扶贫工作的依据，这些都是我整理登记的扶贫户的资料，整理装订成册。我把每户人家的情况都摸透了，才能对症下药。看似不起眼的登记表和照片，却是贫困户们脱贫的翔实记录，是见证脱贫攻坚历程的档案库，小小的扶贫档案背后，浸润着我在扶贫路上的点点汗水。

又是一个大晴天，我还是像往常一样，每天早上的第一件事便是拿着贫困户登记表和近期扶贫政策来到贫困户的家中。我先到张成老人家中，经过仔细询问和核查后，在张大伯家的红砖墙上张贴了贫困户核查信息表，这是张成老人搬新家后的第一次核查。72岁的张成老人是危旧房改造政策的受益者，张成老人常对人说："家里就我一个人，身体又不好，没能力照顾自己，之前的泥砖房年久失修，已经成了危房，国家政策好，给我换了红砖房，现在家里不缺水、不缺电，晓宇也经常来看我，能搭把手的时候从来没含糊过，我们这些贫困户真是过上好日子了。"

"其作始也简，其将毕也必巨"，脱贫攻坚迎来收官之战，作为共产党员的我，在爷爷和父亲的精神引领下，定能不忘初心、牢记使命，凭借一颗热忱的心、一双勤快的腿和一腔干事的热血，继续扎根基层，服务群众，走好脱贫攻坚"最后一公里"。

我家三代人的档案，有一种独特的亮度与温度，每每看到总叫人眼前一亮、心头一热。重温红色档案，坚定理想信念，这也应是我辈乃至后代们最为骄傲自豪的事情！

诗人王淦昌

毛 怡

　　王淦昌（1907—1998），苏州常熟支塘人，我国著名的核物理学家和"两弹一星"元勋，他在核物理研究和核武器研制方面的卓越贡献为世人所熟知。尤其值得一提的是，1986年3月，王淦昌和王大珩、杨嘉墀、陈芳允联名向中共中央提出《关于跟踪研究外国战略性高技术发展的建议》，为我国高科技的发展作出了不可磨灭的贡献。他严谨的治学态度、无私的奉献精神和真挚的爱国主义情怀，都是留给我们的宝贵精神财富。

　　鲜为人知的是，王淦昌还是一位诗人。

　　多年以前，我曾在旧书市场上收集到王淦昌的一些诗文稿复印件，其中包括王淦昌1963年所作的《从军行》和《草原礼赞》两首。

　　1960年年底，王淦昌从苏联杜布纳联合原子核研究所回国与家人团聚。1961年4月3日，二机部部长刘杰约见王淦昌，请他领导原子弹的研制工作，王淦昌当时只说了一句话："我愿以身许国。"从此他隐姓埋名17年，更名王京，断绝一切海外关系，担任九所副所长，主管核武器实验研究。

在此期间，一方面是"以身许国"的豪情壮志；另一方面是对家人特别是对长期默默支持自己事业的妻子吴月琴的愧疚和思念，于是王淦昌以诗明志，以诗寄情，《从军行》和《草原礼赞》这两首诗就是在这个时期创作的。王淦昌在《从军行》诗的题记中写道：余初来草原时，心情充满矛盾。为何矛盾？自古忠孝两难全，他既有"一夜乡心何处寄"的感怀，更有"一战生擒吐谷浑""不捧朝阳终不还"的豪迈。

在1963年12月所作的《草原礼赞》诗中，王淦昌更加细腻地记录了自己在辞京西行十个月中的心理变化。他在诗的前面写道：

王淦昌文稿

余于六三年初春辞京西行，迄今已历十月，十个月中，草原之变化极为迅速，个人之感受亦甚为深刻。在初到草原时，王淦昌"漏转更深未成眠，初来日夜盼东还"，甚至于"日间工作神恍惚，身在滩头心在京"，一边是以身许国、为国奋战的志愿，一边是对妻儿家人的牵肠挂肚。

但王淦昌很快被边关热火朝天的创业景象和来自首都的关怀所感染，原本艰苦的工作生活，在其笔下开始充满了浪漫的豪情："起重机下声鼎沸，碎石机中响雷鸣。昨日郊游黄花地，今夜灯火若繁星""燕都尚恐边疆苦，万方珍馐送边城。申江美馔建瓯茶，吐鲁番葡萄哈密瓜。佳节'七一'香菌酒，醉卧滩头看日华。"上海的美食、福建的茶叶、吐鲁番的水果，让远离家人的王淦昌感受到组织的关怀与温暖。

更主要的是王淦昌心中始终燃烧着报国之志、爱国情怀，使他很快就调整好状态，投入紧张的科研工作之中："少年身负万民望，敢将双手转乾坤""冰霜何阻征人意，唯望东方起朝阳"。他在诗的最后说道："展望明年此时日，一轮红日照金城。"展望来自王淦昌和其他科学家进行的无数次科学、严谨的实验。1963年11月，王淦昌等人进行了一次缩小尺寸的整体模型爆轰试验，他说："这是一次对理论设计和一系列试验结果进行综合性论证的关键试验。"次年6月，他们又进行了我国第一颗原子弹试验之前的一次关键性爆轰实验。

正如王淦昌诗中所展望的那样，1964年10月16日，中国自己设计制造的第一颗原子弹爆炸成功，震惊了世界，为中国、亚洲乃至世界的和平和发展提供了更有力的保障。

在王淦昌的诗中，我们不仅看到了他为中国"两弹一星"事业的忘我奉献，看到了他对中国科技工作者创业和奋斗精神的热情讴歌，也看到了他作为一位普通的丈夫、父亲对家人的深情思恋。

古语云："诗以言志"，这是诗歌的本质特征。王淦昌的诗记录了自己的心路历程，读来真挚感人，加上其在诗中所表现出的扎实文字功底，我想，王淦昌是完全可以被称为"诗人"的，只是不知王淦昌尚有其他诗歌存在于天壤间否？

一张贺年卡引发的回忆

杨瑞庆

　　我们千灯初级中学 64 届毕业生是一个特殊群体，所以，同学们每年总要创造数次欢聚机会，为的是保持联络，加深感情。在 2019 年的年夜饭上，刘秀英同学送给了我一张照片，让我惊喜不已。照片上拍的是 50 多年前的一张贺年卡，这勾起了我深深的

贺年卡复印件

回忆……

这是在一张普通纸张上按印的贺年卡，长 12 厘米，宽 8 厘米，在一个长方形边线围起来的框格中，左边印有"恭贺新禧"4 个有些稚嫩的篆体字，右上方设计了一个内刻"双喜"字样的灯笼造型。右下方还有我（时任学习委员）和李国良（时任班长）的篆体印章，以及"刘秀英同学新年愉快"的字样。这幅图案现在看来设计非常简陋，但形成于 1963 年年底，当时我还是一个 16 岁的初三学生。如今目睹这张照片，使我想起了那张贺年卡的制作过程。

刚经历了 3 年困难时期，虽然经济形势逐渐好转，但人们的生活仍然很艰苦，因此辍学现象还时有发生。经过初一、初二两个学年后，我们那一届两班学生差不多只剩一个班级的人数了。与千灯相邻的杨湘（今淀山湖镇）中学和张浦中学的"溜生"现象更加严重，原来各两个班级的学生到了初三连一个班级都凑不齐了。面临两地都难以开班上课的严峻形势，当时的昆山县文教局果断决定，将杨湘中学和张浦中学剩余的初三学生全部合并到千灯中学上课，这使三地学生有幸聚集在千灯中学，继续完成初中阶段最后一年的学习。

1963 年秋，千灯中学初三年级开学时有了两个基本满额的班级。我们三甲班新来了一半插班生。为了加快同学之间的了解，增进友谊，班主任和任课老师动了不少脑筋，如创造机会一起复习功课，一起交流心得，通过两个月的努力，同学们很快熟悉了，有的成了知心朋友。一个学期下来，彼此关系很是热络。就在上学期放寒假前夕，班长李国良和我一起策划，给来自各地的同学送上美好祝愿，准备赠送每人一张贺年卡。由于当时的经济状况，既没有班费可供开支，也没有能力个人购买，只得自己动手制作。知道班长李国良有篆刻特长，又想到当时我家正好藏有一块镶嵌座钟的平整大理石可以利用，于是我建议李国良采用绘字刻石，然后取纸按印的办法制成贺年卡。班长觉得这个方案简单可行，就立即利用课余时间动手制作。

我虽然在小学阶段也曾跟随当地文化站站长学过一阵篆刻，但水平肯定在班长之下，因此他付出了更多精力，我只是打下手。经过设计、绘字、刻制、按印等一系列工序后，终于完成了班级中人手一张贺年卡的制作。

贺年卡上的笔迹是班长的，看上去还算老练。寒假前夕，班级里的每个同学都意外收到了一张我俩制作的贺年卡，大家都有礼轻情意重的惊喜。

1964年夏，我们这一届初中生终于毕业了，只相处一年时间的三地同学恋恋不舍地各奔东西。有幸留下了一张图像有点模糊的毕业照，由于长身体时恰逢生活困难的年代，大多营养不良，所以，初中毕业生看上去瘦弱得像小学生一样。

困难年后的昆山高中只招三个班（昆山中学招两班，陆家中学招一班），因此，那一届千灯中学毕业生只有五分之一的同学如愿考取了高中。我有幸进入昆山中学继续读书，班长落榜了，翌年进入昆山化肥厂工作，最后在人大退休。贺年卡上提到的刘秀英同学后来奔赴苏北大丰农场，其他没有升学的同学或回原籍劳动，或在本地插队。升入高中的同学，四年后也纷纷插队去了，与先期插队的初中同学不谋而合地"会师"了。

千灯中学 64 届三甲班全体同学合影

　　随着时间的流逝，我早把初中毕业时赠送贺年卡的往事忘得一干二净，那块曾经和我形影不离的心爱刻石，在昆山中学的一次火灾中没了，让我难过了好一阵子。幸亏刘秀英同学是个有心人，把那张虽简陋但浸透着同学情意的贺年卡珍藏了 55 年。这虽只是一张纸片，却见证了那段国家困难时期昆山三地初三学生合并开学的历史。

母亲的档案情结

丁 东

    人上了年纪，总爱忆苦思甜，我 80 岁的老母亲更不例外。每次与家人闲聊，回忆起当年下放后嫁在农村、后凭"档案"落实政策的一段经历，充满了对共产党和档案的感恩之情。用她的话说："没有档案，没有共产党的好政策，哪有我们今天的幸福生活。"

    20 世纪六七十年代，农村管理体制以队为基础，公社、生产大队、生产队三级所有，生产队是最基本的核算单位。土地由集体耕种，从事农活的叫社员，也叫劳力。我父母自然是社员中的一分子。每天清晨，他们与其他社员一样，踩着生产队长急促的哨声，到社场集中，领了任务，下地干活。

    按工分标准，男性壮劳力"足工"10 分，其余的 9 分、8 分；女性壮劳力

母亲年轻时

230

"足工" 8 分，其余的 7 分、6 分。60 岁以上的老人相应减少分值，也就 6 分、5 分。这样的分值是评出来的，相对公平，但视情况也会有所照顾，往往由生产队长说了算。

"工分，工分，社员的命根。"一句话，道出了那个年代工分的重要。当年，我父亲年轻力壮，从不偷懒耍滑，舍得卖力气，累活脏活抢着干，每天都是"足工"，连年获评先进，墙上花花绿绿的奖状一大片。母亲原本是城里人，在南通邮电局上班，拿工资"吃皇粮"。后来下放，因城里粮食紧张，就到她嫁在江南农村的姑妈家寄住几天，不成想，被我爷爷、奶奶看中，觉得与我父亲是天生的一对。母亲的姑妈禁不住我爷爷、奶奶的央求，带着我父亲上门提亲，终成就了一桩异地姻缘。待邮电局托人捎话，通知母亲复工时，她正生了我姐姐坐月子，没法回城上班，从此就在农村扎了根，成了地地道道的农民。头两年，母亲因干农活不太熟练，算不了"足工"，出勤一天记 7 分。

为多挣点工分，每到大忙季节，母亲让未成年的姐姐和我，在假期或星期天，也出个工，除干些除草、摘棉花等的轻活外，在人手紧缺时，也干过插秧之类的累活、脏活。

即便是父母全年无休，姐姐和我多少也能挣点工分，到年底"分红"，相对于劳力多的家庭，我家几乎年年"透支"，全部工分都抵扣不了口粮钱，不足部分先欠着。印象中最好的年景，我家获得了 20 多元钱的"分红"。只见父亲躲在房门后，蘸点口水，把钱数了一遍又一遍。

党的十一届三中全会召开后，听说国家要落实有关下放工人的政策，我母亲当即找到了原来的单位。但因年代久远、单位搬迁、

父母合影

领导换了一茬又一茬，再加上母亲识不了多少字，且拿不出相关凭证，连跑好几趟都被劝了回来。后来，在邮电局劳资科一位具有强烈责任心和同情心的老同志帮助下，母亲终于在那一年的大年夜，收到了一张60元的汇款单——单位发放的年度下放工人生活补贴。事后，母亲知道，那位老同志不厌其烦，辗转好几个部门，终于在一个字迹模糊的文件袋中，找到了母亲的档案，证实了母亲的身份。他随即帮母亲填表、申请、报批，落实了下放工人政策。

尽管补贴不多，可在那一个工分仅值五六分钱的艰难岁月，简直就是一笔"巨款"。靠着母亲每年如期而至的下放工人生活补贴，我读上了大学。之后，沐浴着改革开放的春风，姐姐进城当了工人，弟弟做了裁缝，我走上了教师岗位，我家的生活像芝麻开花节节高，一天天好了起来。

新世纪初，随着农村改革的深化，在经历了由"合"到"分"，由"分"到"合"的嬗变后，实现了土地流转、规模经营。农活由职业农民干，全程机械化作业，原本的农民再不用"面朝黄土背朝天""看天吃饭"了，每年都有固定的土地租金收入。8年前，得益于我市出台的好政策，父母在一次性交齐一笔费用后，由"农保"转了"城保"，每人每月领取 2000 多元的养老金。现如今，再也不愁吃穿、不愁没钱花的父母，虽年逾八旬，却精神矍铄、身心健康，安享着幸福的晚年。这一切，要是搁在以往，恐怕连做梦都梦不到。

有位哲人说，风可以吹走一片叶子，但吹不走一只蝴蝶。记忆也一样，有些事，有些情，永远在心灵深处。每次领回补贴，母亲总要唠叨几句，既感慨过往、感念档案，更感恩党的好政策。

三张旧"税单"

陆怡霖

　　建党百年，党和国家各项事业取得了历史性成就，发生了历史性变革，在时间的长河里留下了一张张珍贵的"税单"，这些各个税种的"税单"，作为税收档案中最重要的组成部分，默默无言地记录着税法的改革、税收的演变、税收对当时国家的重要意义、税收与百姓家庭间的故事。

　　"税单"印证行业的变迁。第一张"税单"是一份1971年开具的屠宰税税单，上面写着猪的个数、重量、税额，我看到的时候不禁又惊奇又好笑：当年杀只猪都要交税？中国屠宰税历史悠久，各地都征收屠宰税，但税制很不统一。1950年1月，中华人民共和国成立后，政务院发布《全国税政实施要则》，将屠宰税列入全国统一征收的税种。同年12月19日，中央人民政府政务院公布《屠宰税暂行条例》，其中规定："屠宰税是指国家对猪、菜牛、菜羊等几种牲畜在发生屠宰行为时，向屠宰单位和个人所征收的一种税。"这个执行了半个多世纪的条例自2006年2月17日起废止。

现在看来显得匪夷所思，但在当时似乎也不难理解。1950 年发布屠宰税条例时，能杀猪宰羊的一般是大户人家，且税率不低，为 10%，但到了 1990 年之后，各家农户过年杀猪已经成了普遍现象，屠宰税作为行为税征收起来有一定困难，各地在当时也发生了一些恶性事件，因此，屠宰税退出历史舞台可以说是必然。

向农民们征收的农业税，总体体量不大，征收成本却很高。它与屠宰税同一年被取消，是历史的巨大进步，减轻了农民负担，增加了农民收入，也减少了征纳双方间的矛盾冲突。

改革开放以来，我国经济持续快速增长，成为世界第二大经济体，同时，经济结构发生深刻变化，从落后的农业国演进成为世界第一制造业大国，而屠宰税、农业税税单的出现与消失也印证着这一历史的脚步。

"税单"见证了改革的成果。第二张"税单"是一份来自 1995 年的档案，现存于北京税收博物馆，是第一张电子版税收缴款书。20 世纪 80 年代初，税务人的工作模式是这样的：骑一辆自行车，去人头攒动的街巷市场、去道路泥泞的乡间田垄、去机声隆隆的厂区车间，带着一支笔、一本纸质税票、一块衬板，收税都靠手写。这一份份手写税单，以其特有的年代感，最终归入了税收征管档案。

这一切在 1995 年发生了历史性的变革，当年 1 月，原上海市地税局开出第一张电子版税收缴款书，这也意味着信息化进程全面起步了。电子税票的出现结束了手工开票的历史，标志着征管改革迈出了关键性的一步。2000 年之后，全国各地逐步建立起了以计算机网络为依托的电子化征管手段，金税工程进展顺利，发票协查、防伪税控开票系统运转良好。税收征管逐渐不再采用"专管员管户制度"，税务人员不再需要"驻厂办公"。信息化控制以自行申报为中心，还责于纳税人，征管工作从"保姆型"升级为"权责清晰型"。税收档案见证了税收工作在党和国家的领导下所发生的改革与进步。

"税单"体现生活的改善。第三份"税单"是我在整理老物件时发现的，一种铁皮制的蓝色小牌牌，上面写着一个大大的"税"字，父亲告诉我这是自行车税的税牌，是一种另类的"税单"，也是一份特别的税务档案。20世纪90年代出生的我，对此已非常陌生，那时候家家户户都骑自行车，但从来没注意骑自行车还要交税。1986年，我国开始征收自行车车船使用税，凡是骑自行车的市民都要购买税牌，定额缴纳一定的税款。到了2000年，由于此项税种征税难度加大，聚财促发展作用弱化，便被政府废止了，可以说是昙花一现，也显得这样的"小蓝牌"更为稀有、珍贵。如今越来越多家庭选择小汽车作为代步工具，"车辆购置税"代替了"自行车税"，高架高速四通八达，人们的出行也越来越便捷。

对于老百姓来说，家里最重要的税单应该是"契税"，对不少人来说一套房子意味着大半辈子辛苦奋斗的心血，这张"契税单"就显得弥足珍贵了。我家那张薄薄的"契税单"被小心翼翼地夹在房产证里保存着。

随着生活水平的不断提高，房子越来越多，面积越来越大，装修越来越考究，高科技恒温恒湿住宅越来越普遍……"契税单"的意义或许终有一天也会变得不那么重要，人民对美好生活的向往是党和国家奋斗的方向，老百姓的生活一定会越来越好，将更有安全感、获得感、幸福感。

木东路纪事

唐　亮

父亲已经去世十多年了，他生前留下的 20 多本日记本和两本影册，记载着他的人生历程。一页页日记、一张张照片，虽然纸片已发黄，相片已有斑点，但那逝去的光影清晰地投射进脑海，就像电影胶片投到银幕上一样。我一直珍藏着，时不时地翻看着，此时仿佛我正面对着父亲，听他讲述经历过的往事。

我的目光停留在了木东路开通的照片上。木东路就是木渎到东山的那条公路，现在已经成为一条主干道，每天来往的各色车辆把两地连接在一起，形成了吴中大地上历史名胜与太湖风光相联结的一道风景线。

黑白照片上，一辆客车从东山汽车站缓缓开出，那是 1956 年 11 月 6 日，东山通向外界的第一条公路——木东路正式通车。当时的苏州地区副专员黄葆忱专程前来东山主持了通车仪式，震泽县（当时东山是震泽县委的所在地）县长戚同德、县委副书记季兆甫和人武部、交通局的领导，以及 74 位来宾、23 位筑路模范

东山汽车站开出第一辆客运车

震泽县长戚同德、副书记季兆甫及人武部长、交通部长在通车仪式现场留影

和各农业社代表 300 余人参加了通车仪式。这在当时是一个非常隆重的仪式，可见这条公路对东山有多重要。

东山物产丰富，碧螺春茶、枇杷、橘子、杨梅、白果等，还有太湖的渔业资源，迫切需要通过运输与外界流通，长期以来都是通过水路，最早以木帐船为主，通往苏州、上海、南浔等地。清光绪三十年（1904）开始，出现招商内河轮船局"飞虎"号轮船，往返于苏州与东山之间；民国三十五年（1946）东山人郑鹏南等筹组东海旅运商行有限公司，租到轮船一艘，开辟了上海与东山的航班。当然水路往往受制于天气，遇到风浪就只能停航，因此早在民国九年（1920）就有人倡议修一条公路通往外界。

倡议很得民心，但却一直没有实施，主要是经费问题。谁来出钱筑路呢？当时的政府根本无力出资，所以一直是"雷声大雨点小"。直到抗战时期，终于有点希望了，有人开始计划设计。抗战胜利后，由江苏省公路管理局进行测量，不过资金问题仍然存在，那时国民经济太薄弱了，只能寄希望于外援。于是特聘毕业于美国麻省理工学院的席德炯担任木东路筹建委员会主任委员，同时洞庭东山旅沪同乡会也设立了公路筹建委员会，由叶乐天、席鸣九担任主任，还筹集了 3000 万元法币供测量、绘图、预算之用，初期预算这条公路的筑成需要资金 13.95 亿元法币，然而那时物价飞涨，几乎是一天一个价，到民国三十六年（1947）三月，所需资金已上升到 100 亿元法币。由于筹资困难，工程只能搁浅了。可想而知，当时的政府建一条公路是多么困难，从倡议到计划，20 多年了，都没有动工。

中华人民共和国成立后，根据东山经济发展的需要和东山人民多年的愿望，在当时的震泽县人民政府的领导下，筹建木东路被提上了日程。1956年2月，开始发动群众修筑公路，挑土的、打夯的、碎石的，日投劳力708个，总共投了26.77万个劳力，用去大块土石1.55万吨，各类石块5500吨，黄砂2200吨。11月，在不到10个月的时间里，全长27千米的木东公路全部建成，这条路在东山境内约5千米。

这条公路对木渎也是意义重大。尽管木渎早在1935年就建成了通往苏州的公路，俗称苏福路，但是远远不能满足需要，特别是木渎每年都要从东山运入很多物产，每季的时鲜水果、作物、太湖水产，都是木渎经济的命脉。因此木东公路的通车，同样也为木渎经济的发展注入了活力，成为木渎的第二条公路。1982年到1983年，这条公路由原来的沙石路面全部铺成了柏油路面，1992年又进行了一次改造，不但把单车道改成了双车道，还全部改成了混凝土钢化路面，使它成为一条高等级的公路。

每次去木渎、东山，汽车经过木东路时，我都喜欢坐在窗口看着窗外的风景，真是感慨万千。60多年过去了，这条路记载着社会发展的历史，记载着人民生活的变化，记载着父辈那代人的奉献。当年父亲作为《震泽报》记者，记录了木东路开通的情形，如果他还活着，看到如今的变化，肯定会拿起笔，再次记录木东路的风貌。

240

古旧书店，我的打卡热点

朱赓荪

　　我喜欢读点历史书籍，这与我小时候家里藏有一本连环画《枪挑小梁王》有关系。《枪挑小梁王》中有牛皋一人骑马闲逛汴京街头、岳飞一行人到周三畏剑铺买宝剑的情景。那时，瞧着这几幅画面，我总想在里面寻觅出那些古人的日常生活轨迹和场景，因此长大后就爱上了历史，即使在农场繁忙的体力劳动之余也不改初衷。当年刚刚得知团部（场部）开放了图书馆，我就办了借书卡，每隔十天半个月，就去借《新唐书》《隋书》等历史书籍来看，那可都是 20 世纪 70 年代中华书局刚刚出版的点校本。从农场回到苏州后，就认准当年古城独此一家的古旧书店，而且成了那里的常客，家里的书籍，五分之四都是在这爿书店里淘到的。

　　坐落在乐桥北堍的苏州市古旧书店当年是在人民路 342 号，后来迁入了观前街的新华书店，店中走下几级台阶，就是当时的古旧书店。你若相中哪一本书，是要召唤营业员给拿的。那时候，自己年纪轻轻，很不好意思让年龄比我大许多的营业员拿取那些竖版书。不过他们都很热情，不会因为我的年纪和左挑右拣而面露嫌弃与不悦之色，尤其有一位操着常熟口音的高个子老同志，很是亲切耐心，我最愿意在他的手上买书，我就是不买，他还是笑意盈盈，让我心里暖融融的。

20世纪80年代初，古旧书店搬出新华书店，迁到了北局开明剧院的对面，也就是苏州书场的旁边。由于店面不大，柜台后面的书架与顾客近了许多，方便了眼力不济的老年读者。古旧书店在这里开张没多久，我便看中了一整套清代光绪十四年（1888）刊印的殿版四史，这几本线装书，用了我整整一个月的工资。正是这部四史，尤其是《史记》的点读，初步打下了我自学文言文的基础，之后我点校和整理了李昭庆（1835—1873）致其二哥李鸿章的信札，刊登在《近代史资料》（总89号）上。

1985年年底，苏州古旧书店新的营业大楼在乐桥北堍竣工。第二年，我逛书店的日子比较多，几乎两三天就会买上一两本书，一年买了近160册。古旧书店新店面积大，书籍种类多，且又是开架售书，为我们爱书的读者打开了前所未有的方便之门。旧书业的兴盛，标志着古城文化氛围日益浓郁，古旧书店在乐桥的

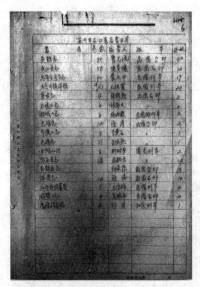

古旧书店书目单

江澄波老先生

重新崛起兴旺就是最好的表现。我只是一个普通职工，手头并不宽裕，但我爱书之癖难戒，宁可其他方面节省开支，遇到好书是绝不肯舍弃的，否则一旦错失，会懊悔好些日子！

假日休闲，不少人都爱上商场逛超市，我的最大乐趣就是泡在古旧书店里淘书。每每踏进书店，我并不急于淘新版古籍或老旧书刊，而是耐心翻着读着各种书籍，沐浴在书香氤氲里，常常忘了时间，感受到那种浓郁得研磨不开的传统文化气息。这样的书店，真可谓是：进出无白丁，往来多书虫。里面不光是像我一样的书虫，有点年龄和阅历的营业员，对书籍也充满着热爱，如在古旧书店工作了几十年的江澄波老先生，就是在书籍的买卖过程中，成了一位资深的版本目录学专家。每次我在二楼看到老先生坐在书桌一角，专心致志地审读、整理古籍的身影，便会肃然起敬。

前几年，网络书店兴起，古旧书店也随大流转型，店里的书籍一度变得稀稀落落，更是不见了旧书的影子，不少老读者一进店堂就摇头唱叹退了出去。睹此情状，我的心里也真不是滋味。

前些日子又踱进古旧书店，眼前为之一亮，心情亦舒畅了起来。现在的一楼店堂里，又摆满了书桌书籍，书架上再也不是空落落的了；二楼还辟出了一块旧书园地。此情此景，让我激动不已。古旧书店伴着我从年轻到白头，一路走来几十年，已有一种相依相恋、不离不弃的难舍情结了，毕竟实体书店和纸质书仍是读书人须臾难离的真爱。古旧文史书籍的独特魅力在于它所承载的传统文化内涵更为丰厚。

从"见字如面"到"万物互联"

张晓宇

　　"见字如面，来信已收到。得知你在学校一切都好，我和你妈就放心了。你是第一次远离我们，到千里之外的江苏求学，向人生的另一个高度迈进。大学四年，你要养成自学能力、人际交往能力和解决问题的能力，一定要认认真真学好你的专业。上了大学，就意味着独立生活的开始，所有的事情就需要你自己去独立面对。我希望你能照顾好自己的生活，锻炼好身体。"

　　这是我 2002 年上大学时，父亲写给我的第一封信的片段，时至今日，信依然放在我的抽屉里保存着。那是一个时代的记忆，泛黄的信纸，跃然纸上的是一个父亲对千里之外求学孩子的牵挂和嘱托。

　　那还是一个书信的时代。人与人，与外界靠书信来连接，传递着朋友、知己、亲人之间因距离而产生的相思、相恋。曾经在图书馆、在宿舍，我的笔，流淌着思念，一封接一封地写着信。一封信写罢，认真地叠好，同期待一起装入信封，接下来便是想象着对方读信和写回信的情景。那是最自然的真情流露，是最美好的感情交流。那一封封家书，就像一次次珍贵的谈心，拉近了与亲人的距离。我就像一个永远也长不大的孩子一般，在家信中感受着、聆听着，并用心铭记着。

如今，再找不到当年写信的那种感觉了，时代毫不留情地逼迫我们成为"键盘手"和"低头族"，但我对写信岁月的那份怀念，仍历久弥新。

后来，宿舍里装了固定电话，书信便少了起来，正常一个礼拜往家里打一次电话，于是，几年下来，积累最多的，是一张张用过的电话卡。那时候，我会认真比较电信、铁通等通信公司电话卡的资费和优惠力度。学校里也有专门的电话吧，因为资费比较便宜，每逢晚上或者周末，基本上都是爆满，常常需要排队，通常一排就是半个小时，然后收银员收10块钱的押金，每个人单独在一个小格子里，尽情享受着各自的快乐时光。

大三的时候，买了人生的第一部手机，具体型号早已忘记。那个年代还没有智能手机，黑白机还是很多的。酷炫的外观、优秀的屏幕让我立马喜欢上了。但是硌手的按键、不堪的质量，加上售后一直不怎么样，同一个故障修了好几次都没有修好之后，用了两年只能默默地把它放进抽屉。那时候的手机，基本上是用于发信息的，打电话的倒不多，1毛钱发一条短信息，运营商还有通信套餐，中国移动的动感地带校园卡用户还有专属的优惠，正常一个月20块钱左右的资费，对于学生党来说，还是比较实惠的。

工作后，我换了一部智能手机，之后便几乎每隔2-3年就要换一部手机，现在的手机，已经不仅仅是通信工具，2019年开始智能手机的发展趋势是充分加入了人工智能、5G 等多项专利技术，它集休闲、娱乐、学习、教育于一体。曾几何时，寻呼机和"大哥大"是最引人注目的"高科技"产品，是少数人才能使用的"豪华通信"，是事业成功和身份地位的象征。现如今，智能手机已成为几乎每个中国人形影不离的"日常用品"，随着科技的发展，手机为我们的生活提供了非常大的帮助。无论是刷新闻，还是网上购物，无现金扫码支付的时代让手机贡献了很大的力量。在地铁里，在公共汽车上，人们都在用手机、玩手机，这是一个全民手机的时代。

改革开放 40 多年来，在波澜壮阔的时代巨变之下，人们的沟通和交流方式也在不断地变化，中国人的通信方式从书信、固定电话机升级到智能手机、移动互联网，从"见字如面"升级到"万物互联"，人与人之间的沟通更为便利，更加及时。在这背后，是我国综合国力的提升，是科技的进步。科技是一个国家的真正实力，在了解了中国在各领域的科技发展后，才蓦然发现世界还是之前的世界，中国已不再是之前的中国。

今天，在迈向现代化的新征程上，中国正以一种丰满的姿态，一扫过去百余年的历史尘埃，奋力开创着民族复兴的光明未来，塑造着惊艳世界的崭新形象。

解放战争时期昆山学生进步团体——"育文社"

王　昀

　　解放战争时期，中国共产党上海学委系统在昆山学生中开展运动，主要在昆山县城的县中（今市一中）、省中（今省昆中）团结、教育、培养一批学生积极分子，建立和发展党的组织，壮大革命力量。其中，"育文社"在学生运动中发挥了重要作用。

　　"育文社"是中华人民共和国成立前昆山县中创办的学生文艺团体。从1947年7月成立至当年12月，"育文社"编辑出版油印《育文》半月刊7期、铅印《育文》月刊2期，并先后在《民报》和《旦报》上刊印《育文旬刊》11期。1948年5月，在《旦报》上编刊《育文周刊》3期。在县中党支部坚持原地斗争的情况下，"育文社"编辑出版刊物文章，对国民党的反动、黑暗和腐败进行了不同程度的揭露，团结争取了大批中间学生。

　　1947年2月，昆山县中高二班的级长罗伟、副级长顾渊及学术股长蔡清簹等爱好文艺的青年学生，在学期开始时就筹备《青岚》（即班级的墙报）。《青岚》上发表的大多是诗歌、散文、绘画

等习作，在这些作品中，流露出对现实的不满情绪。

同年7月，罗伟、顾渊、蔡清簹和姜鼎和等经过酝酿、商议，决定在《青岚》级刊的基础上出版油印刊物，并拟定组织一个以班级为主体的学生文艺团体的计划。通过串联喜爱文艺的同学，组成了"育文社"，并决定出版《育文》杂志。在暑假即将结束时，"育文社"召开社员会，有十多个同学参加。会上，选出了罗伟为"育文社"正社长，顾渊为副社长，蔡清簹为《育文》总编辑，张震及姜鼎和为副总编辑。从此，昆山县中地下党组织，通过张震开始逐步掌握"育文社"。

从1947年暑假开始，"育文社"编辑出版油印的《育文》半月刊，至当年10月共出了7期。发表的文章中，有一些是揭露国民党统治下的黑暗和国民党政府不得人心的腐败、反动。

同年9月5日开始，"育文社"通过关系，在《民报》上编刊《育文旬刊》，至该年11月15日出了8期后，因经费拮据而停刊。后来得到《旦报》记者帮助疏通，《育文旬刊》在12月10日移至

《育文旬刊》书影

《旦报》继续刊出，至12月底停刊，共出了3期。1948年5月，"育文社"再次争取到在《旦报》上出3期《育文周刊》的机会。这3期的内容，比以前的《育文旬刊》更激进，较明显地揭露了国民党的黑暗统治。

　　我们喜悦，我们更该努力，把我们几十个幼小的心灵，赤裸裸的陈现出来，向广大的人民学习！

　　我们是不会忘记的，育文周刊正当在"血的五月"创刊了，而且正当在"五四"的明日！"五四"使中国的学生向着时代前进，我们要跟着"五四"走！紧紧的！

这是《育文周刊》上"写在周刊前的话"。

不久，高三班的级任导师陪同校长来班上说，"育文社"锋芒太露，已引起"社会"注意，不要再办了，"育文社"就此停办。张震参加了另一个学生文艺团体"烽火社"，昆山县中地下党以此继续在青年学生中开展活动。

"育文社"通过编印刊物和骨干人员进行物色串联，引起重大反响，学生中入社的人数最多时有四五十人，遍及全校各班级，后有其他学校的青年学生参加。

百年回首，面对压迫，面对困境，面对战争，昆山青年学生以觉醒的力量、战斗的姿态，发出振聋发聩的呼声，激发民众的爱国热情，推动革命事业的发展，为国家和民族的未来大声疾呼，奋勇前行。

那一盏灯火

郭一章

    一个傍晚，小区里停电了。我透过窗户望出去，外面黑魆魆的，什么也看不清，只有风吹老榆树的沙沙响声在夜色中飘过。忽然，我心里一阵悸动，想起了小时候农村里傍晚的景况，想起了小时候家里的那一盏灯火。为此，我特意回了趟老家，在阁楼上翻出了刻着我童年记忆的那枚"油盏"。好多年尘封着，上面已有一层灰了，我把它擦洗了一遍，带回了城里，它如同一件珍贵的实物档案，记录了那些灯下的时光。

    "日不做，夜摸索"，这是母亲在我小时候常常嗔怪我的一句话。小时候贪玩，学校布置的家庭作业，白天没心思做，通常要到了吃过晚饭，才会打开书包。也是这个时候，母亲才会忙完家务，再操持起她的手工针线活，有时是纳鞋底，有时是织线衫，有时是给我们缝补破了的衣裤。

    这个时候，家里就会点上一盏煤油灯，我们这里俗称"油盏"。小小的玻璃灯，火苗用玻璃罩笼着，整个看上去细细高高的，颇

252

有点工艺品的味道。我拖拉到晚上写作业，除了放学后的贪玩，其实更多的，是喜欢这晚上灯下的感觉：一家人全聚在"油盏"昏黄的灯火下，虽简陋但温暖。父亲在捣鼓他的木工活，他的影子有时拉得很长，那时候的我常常有上去追着踩一脚的冲动；母亲做她的针线活，会习惯性地手捻线针，撩捺她额前的头发；我在灯下写作业学习，时不时抬眼望望桌上的那"油盏"，它那被火苗簇

煤油灯

拥着的灯芯，常常会发出"哧哧"的响声，在安静的小屋中，却给我一种莫名的安全感。每当学习累了，精神有懈怠时，看着这蹿跳的火苗，想起古代匡衡"凿壁偷光"的勤奋劲，想起老师教的儿歌《读书郎》，就会又鼓足了劲，静下心来，认认真真完成学习任务。

20世纪80年代初的农村，还是讲究"日出而作，日落而息"的。这既是生活规律，其实也是为了节能。所以，晚上长时间点灯会被视为不节俭、不勤俭持家，这也是为什么母亲老是怪我"日不做，夜摸索"的原因吧，她是心疼煤油呢！关于这个方面，后来我哥讲过一个往事：那时他七八岁，某一天，母亲在房中抽屉里找了半天，终于在角落里挖出来几个硬币，吩咐他去村头小店挎一

斤煤油。结果在他拷完回来的路上，不小心摔了一跤，把一瓶煤油给泼了一半。他自知罪过，一路哭着回来。母亲见状，自然是不放过他，给了他一顿"杀棒"。打着打着，她自己竟也哭了……

"油盏"一直陪伴着我整个童年。许多年后的今天，记忆里都还清晰保留着它的印记。那时候，父母亲忙生计，晚上会晚些回家，那就只有"油盏"陪着我们兄弟俩了。天黑了，小孩子们有时难免害怕，守着这灯光，也不敢离开。听到里屋有任何声响，想着狐神鬼怪的荒诞故事，就会慌张，做作业都会有影响。直到大人回了家，家里才会重新闹腾起来。当然，有时候我也会幻想：面前的这盏煤油灯会有阿拉丁神灯的功能，只需食指轻轻一擦，灯神就会降临在我面前……

时光荏苒，农村家庭的"油盏"伴随着电灯的兴起退出了历史舞台。至20世纪80年代中后期，农村用"油盏"的比例就已经很低了，只有一些年纪大的，会嫌电费比煤油价高而继续固执地使用"油盏"。白炽灯成了普通的照明工具，随后兴起的，是日光灯，它的照明度比白炽灯更高、更亮。一般20多平方米的一间屋子，安装一只40瓦的日光灯已经足够亮堂，我们一家人晚上在明亮的灯光下，各干各的，互不影响。父母亲不在家的晚上，自然也不会再害怕家中的异声了。

"世间何物催人老，半是鸡声半马蹄"。"油盏"灯火的时代已经渐行渐远，随之而来的，是人们生活方式和节奏的深刻变化。"日出而作，日落而息"的生活状态，已经成为过去式。人们心目中的电灯也不再局限于传统的照明功能，什么装饰灯、霓虹灯、探照灯、追光灯、无形灯……各种类型。相比以前那一盏灯火，如今可真是工艺品级般的享受。有五彩斑斓的灯光陪伴，人们在晚上交友、聚会、学习、娱乐。时光，正在拉长，岁月，恰是风华。

那一盏灯火，不仅是因为它记录着我的童年，它也是我们新时代家庭和社会进步的见证者，还让后辈"不忘初心"，珍惜当下好时光。

怀念老指导员

沈月根

　　我的家乡桃源镇水家港村是个被誉为"吴江革命摇篮"的地方。早在 20 世纪三四十年代，这里就诞生了吴江境内第一个农村党支部——东水家港党支部，走出了 8 位响当当的地下党员。在这些地下党员中，有一位名叫沈文乾的老前辈是我较为熟悉的，也是难以忘怀的。

　　这还得从我孩童时说起，那时桃源镇已经解放了，人们过上了安稳的日子。一天，村子里来了土改工作队，带队的正是严墓区农会主任沈文乾，他当时大概 30 岁。由于是工作队的指导员，而且在中华人民共和国成立前就加入了地下党，因此家乡一代男女老少都称他为"老指导员"。那时村子里经常要开群众大会，我母亲总会带我一起参加，而我是纯粹看热闹，但想不到作为小孩子的我也有收获。老指导员会教大家唱革命歌曲，比如"嗨啦啦、嗨啦啦，天空出彩霞，地上开红花，中朝人民力量大呀……"这几句歌词我至今还会哼唱。

我真正熟悉老指导员是在"文革"时期，那时我已经是个20多岁的青年了，正在公社里参加相关工作，而老指导员由于历史清白、群众基础好，出任了青云公社"一打三反"工作组组长，进驻青云卫生院。有一次，我在公社开会时遇到他，在谈到某位干部态度不端正群众意见很大时，他语重心长地叮嘱我："年轻人不能性子太急，对犯错误的干部能挽救的都要挽救……"老指导员的一番教诲让我受益匪浅，在以后的工作中，我能掌握好政策、把握好方向、不犯错误，与他的指点是分不开的。

　　"文革"结束后不久，老指导员离休返乡，本应颐养天年的他却总是闲不住，经常带头组织志愿者队伍，为家乡人民做好事。有一年冬天大雪封路，他居然带领一些年轻人在寒风中清除道路上的积雪。村中一些年纪大的人见后纷纷夸奖他，说他还是当年地下党员的那个样。

　　老指导员返乡定居之时，我已经在学校教书了。每当学校开展革命传统教育时，我就会想到他，请他为学生们讲革命故事，讲幸福生活来之不易，而他也总是十分乐意参加。他不仅在自己家周边的中小学为孩子们讲故事，还经常到离家较远的镇上的中小学去宣讲。最让我难忘的是1994年冬，已近古稀之年的老指导员，身体很虚弱，但收到我的邀请后，立马打起精神，坚持来学校为孩子们讲了当年地下党与敌人展开斗争的故事。"沈阿宝计除伪区长""沈龙宝勇夺鬼子枪""深夜护送村委书记出险境"……一个个惊险又真实的故事，让师生们听后心潮澎湃、肃然起敬。

　　老指导员的革命精神也常常激励着我，让我在"教书育人"的道路上一直努力工作。1998年我正式退休后，也经常深入到社区和村的校外辅导站，为孩子们上爱国主义主题教育课。近几年来，我更是"不忘初心，牢记使命"，不断组织指导中小学生开展征文写作、演讲比赛和太极拳培训等活动，深受广大教师好评。自2014年以来，我已连续七年荣获"吴江区关心下一代先进个人""优秀五老""优秀校外辅导员"等称号。我想，这也是对老指导员的最好告慰吧。

物换星移，岁月更迭，今年是中国共产党百年华诞。虽然老指导员不能与我们共庆了，但他曾经战斗和工作过的地方，早已旧貌换新颜。如今的家乡水家港村，社会安定，经济繁荣，环境优美，人民生活蒸蒸日上，相信老指导员也定会含笑九泉。

四、档案颂辉煌

老味道　丝丝甜

张美芳

最近收拾老家老房子，放置在阁楼里的各种发黄老书基本上快烂了，有些是 20 世纪七八十年代的书籍，封面的字也已模糊了，还有几本连环画，这是我们父辈当年的书籍，有着浓浓的时代烙印。翻开一本，掉出来几张碎纸，捡起来一看，油墨已然黯淡发白，仔细辨认，竟然是糖纸，关键还是"米老鼠奶糖"，不得不说真的是一种惊喜。我拿给爸爸看，他来了一句："哎哟，老味道啊！"是，老味道，但有丝丝甜。

老味道，是回忆

糖纸上印着"公私合营""歌唱新社会"的字样，还有"读毛主席的书""抓革命，促生产"等字样，大多以红色为基调，让我们充分感受到了那个年代热火朝天的干劲。我小时候，有那么一段时间爱收集糖纸，不过那时候大部分是"大白兔""金丝猴"等

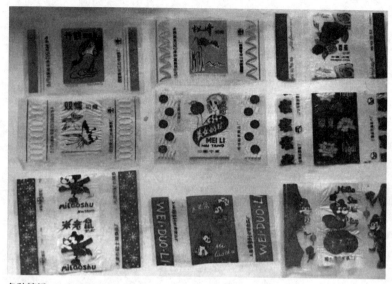

各种糖纸

奶糖。最初收集糖纸，倒不是为了红红绿绿，更多的是为了那份欢喜，为了那种味道和香甜。我们女生不仅收集糖纸，还跟小伙伴们交换不同的糖纸，这是一种享受，更是一种"攀比"。谁收集得更精美、更全面、更特别，意味着自己的"心头好"得到了肯定，用来满足自己小小的"虚荣心"。我有一种感觉，年龄一旦上来了，就容易怀旧，譬如我，偶尔就会问我的父母，小时候家里那么穷，吃个糖都要挑日子，但是给我的印象好像我小时候也特别开心，有糖的时候吃得香甜，没糖的时候期待香甜。快乐被无限放大，这也许就是记忆的甜。

老味道，是见证

一张张旧糖纸烙下时代烙印，方寸糖纸间，便可窥其时代变迁。作为一名有着10年工龄的档案工作者，我深深明白，其实糖纸之于我们，就是老档案、"老东西"。在那个物资匮乏的年代，吃糖对于小孩子来说，是一种奢侈的享受，一般比较特别的日子才有糖吃，比如过年过节家里大人给买糖，再比如谁家办喜事会发糖。以前我爷爷常说，家里粮食不能轻易卖，一定要保证多囤粮食，万一饥荒饿肚子可难受哩！我一直无法理解，为何要多囤粮食和蔬菜，因为在我们的认知里，超市里商品琳琅满目，囤多了容易腐坏生虫，吃新鲜的才更好啊！我们这代人没有经历过他们的艰苦岁月，当然无法理解他们那代人的辛苦以及对饿肚子的恐慌。连饭都吃不饱，更别提吃糖，所以看到老糖纸，让我们获取了一份沉思和怀念的同时，更让大家产生一种共鸣：小糖纸，见证了我们生活方式的大变化，几十年前凭票购糖的时代一去不复返；也见证了改革开放40多年的伟大成就，我们的国家发展起来了，物质精神方面多姿多彩，再也不是当初连吃糖都是一种奢侈的年代了。

老味道，是文化

收藏糖纸对于我们来说，本质上是收藏旧时光，其独特的价值中蕴含着几代人传承下来的文化。小小的糖纸，色彩斑斓，带给我们美的享受，更是一种情感的寄托。

我们童年时代，集糖纸是典型的女生文化，一般糖纸是三段式图案设计，中间色浅而平，有花体字的糖果名和生产厂家，包着糖果似各种凤尾，更有纯色透明玻璃纸，五彩缤纷。把糖纸夹在干净的书本里、笔记本里，慢慢透出了或甜蜜或苦涩或曲折的故事。

糖纸是一种历史，是一种糖标文化。比如60多岁的"大白兔"奶糖，是第一代国货的代表，它曾作为国礼见证中美友谊，也曾在世博会上给大家带去甜蜜和快乐，它更是一种民族传统文化，透过它，看到民族工业的发展，道路虽曲折，但是风景依然美。

老味道，是传承

糖纸亦是一种文化传承，它承载着人们对美好岁月的回味：细细咀嚼之，回味无穷之。方寸糖纸虽小，但依然不可失了传承。糖纸的设计越来越精美，譬如我们熟知的"大白兔"奶糖，其前身米老鼠奶糖，到后来的大白兔棒棒糖、泡泡糖，这种传承和发展，是多少人努力的结果。大白兔奶糖的糖纸有两种：一种经典款，以蓝白底为主，使用玻璃纸和蜡光纸；另一种比较少见，使用的是涤纶材质的糖纸。

事实上包糖用的纸也在不断变化，一开始是蜡纸，纸张通过石蜡浸染，缝隙为蜡所填补，只需将糖果放在蜡纸上，两头一扭，就成了最经典的扭结式糖果，最常见就是上面提到的大白兔奶糖，还有牛轧糖的糖纸大部分用的也是蜡纸。后来玻璃纸开始风靡，它是用棉麻木浆中的纤维制作而成的。再后来，玻璃纸的生产成

大白兔奶糖

本上升，催生了新材料的产生，合成树脂和塑料应运而生，聚丙烯流延薄膜（CPP）逐步替代了玻璃纸，而后逐步有了巧克力的金属箔包装物、天然材质环保包装等。看，一张小巧的糖纸，原来有着这么不平凡的技术发展路径，从一开始的粗糙质朴，到现在的环保精美，是人们一步步锲而不舍追求技术进步的结果。

不过值得注意的是，如今糖纸设计种类繁多，但流水线封装仍然少了一些老糖纸的美感。老糖纸代表着一种离现代生活越来越遥远的文化，它是物质匮乏时期为数不多的生活点缀，牵动着那个时代人们对美好生活的追求。

这种糖果情结，也许就像歌曲《甜蜜蜜》的歌词里写的那样：甜蜜蜜，好像花儿开在春风里。那种感觉这么熟悉但又一时想不起，原来都在丝丝甜的回忆里。

从手写到"全电"

——发票的沧桑巨变

陆怡霖

老张面前放着"全电发票"的培训资料，已经埋头研究很久了。

我忍不住打趣道："张师傅，再过几个月您就要退休了，怎么研究起新政策来比我们年轻人还要认真？等到全面电子化的时候您都在家里带孙子啦！"

老张抬头，感慨道："我从税将近 40 年，1983 年的时候我们帮纳税人开发票是手写的，然后 90 年代后期是机打发票，到现在全面电子化马上来临，纸质发票的时代就要过去了，这样的变化让人既欣喜又自豪，我马上就要跟不上改革的脚步了！"

发票见证着生活的变迁

老张的工龄比我们的年龄还要长，平时总爱讲起那些年的税收往事。他的税务生涯是从骑着一辆自行车，带着一摞资料、一支笔、一块衬板，俯首书写下第一张发票开始的，谨慎落笔，反复核对，

266

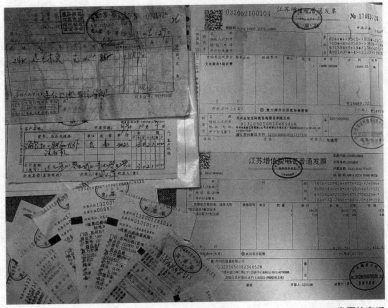

发票的变迁

再忐忑地交给来代开的纳税人，生怕哪里出了纰漏。

关于手写发票，生于 20 世纪 90 年代初的我有幸亲历过那个时代，小时候跟着父母去商场买东西的景象历历在目，带着厚厚眼镜片的收银阿姨在柜台后低着头，把紫色的复写纸往发票簿子里一插，推一把鼻尖上的眼镜架，开始仔仔细细地填写品名、金额，然后在最下面一行，一笔一画地填上大写的数字。

我们家到现在还能找到这些曾被悉心保管的手工发票，一张纸页虽泛黄但字迹却依旧清晰的发票上写着：自行车，一辆，110 元，一枚红印油已经弥散的发票专用章，还能依稀辨认出"石路国际商场"的字样。看到这张发票，脑海里就浮现出坐在父亲自行车后座上上学放学的情景，丁零当啷的车铃声仿佛就在耳边，回响在 20 世纪那条熙熙攘攘的巷弄里。

现如今，我家这些手工发票上记载的大件：DVD、收音机、台式电脑……都逐一被淘汰了。发票，成为一份家庭档案，无言地见证着我们生活的变迁、经济的快速发展、国家实力的不断增强和人民群众过上了越来越美好的生活。

发票体现着行业的发展

20 世纪 90 年代，发票的标准化和信息化管理逐渐起步，税控设备和机器生成发票应运而生，更加环保高效的电子发票逐渐取代纸质发票，涉税票据管理进入信息化时代。

在老张的回忆里，他只需要坐在电脑前处理纳税人的各类涉税信息了，动动鼠标键盘就可以完成税收管理工作。办税便利度、纳税人满意度都不断提升。

在我的回忆里，有这样的场景：

读中学的时候，同学过生日请吃肯德基，大快朵颐之后有人提出听说肯德基发票可以刮奖，我们问点餐台的服务员要了一张发票，发票的右侧是刮奖区，几个同学凑在一起，屏息凝神，眼睛直勾勾地盯着那层薄薄的银色涂层被刮开——"中了! 五十元! "有同学突然大喊。但事实上——并没有中奖，大家哈哈大笑，自娱自乐了一番。

读大学的时候，打出租车对学生来说是一件挺奢侈的事情，我看着计价器上不停跳动的数字，心里想的是：中午食堂的一盘辣子鸡丁没了，一盘青椒牛柳没了……当最后"滴滴"两声发票打出来，我看着最后的金额，如释重负。这张发票虽然我也没处报销，但还是紧紧攥在了手里，心想着：这是我打这辆车的凭据，万一有东西落在车上了还能凭发票找回来。

餐饮发票设置为有奖发票，是为了鼓励个人消费者向商家索取发票。出租车发票也被称为"出租汽车统一发票"，可以用于企业差旅费项目的报销，进一步加深了消费者对发票作用的认知。新的经济发展环境、纷繁复杂的商品交易又一次给发票注入了新的活力，发票涵盖了老百姓衣食住行的方方面面，默默推动着党和国家事业发展的巨轮滚滚向前。

发票印证着改革的成果

时间推进到近些年，纸质发票经过前期电子化推广后，终于迎来全面数字化改革的关键时刻。推行电子增值税发票系统有利于促进社会进步，节约社会资源，为纳税人营造健康公平的税收环境，是税务机关推进税收现代化建设，实现"互联网＋税务"的重要举措。

老张说，以他半辈子的从税经验来看，这场变革在国家税收事业发展历程中是具有里程碑意义的。他已无法身处一线参与这场变革，只能就着几页培训材料一窥其面貌。

近些年我总是会在电商网站买电子产品，新款的手机、无线耳机、平板……喜欢保存发票的父亲见了，很不理解，"你总是在网上买这些，看不见摸不着，还没有发票，将来售后维修找谁？""爸，我有电子发票呀！"我打开手机里发票的页面给他看："随时可以打开，永远不会丢。"

对个人消费者而言，发票电子化让我们不再需要保存票据，扫扫码就可以轻松取得。对企业而言，发票电子化的发展会帮助企业实现业务数据、财务数据、税务数据等智能连接，企业上下游数据能够被轻松打通。

一张张小小的发票，是新时代税制发展的缩影，也是我国税收向现代化发展的证明。一部发票的变革史也是新中国经济腾飞、共和国成长的发展史。从手写到机打，从前台到网络，从现场开具到税务专递到家再到扫码电子化获取，发票以越来越便利、越来越接地气的方式存在于市民的生活中。对老张而言，这是工作模式的持续进步；对我而言，是成长过程中不断更新的体验；对广大纳税人而言，是可知可感的新变化、实实在在的新收获。税收工作在党和国家的领导下所发生的变革与进步，让人民的幸福感、获得感、体验感都得到了显著的提升。

从阅读话变迁

沈伟民

　　行万里路，读万卷书。"孟母三迁"的故事广为流传，我们敬爱的周恩来总理少年时立下的"为中华崛起而读书"的宏伟志向激励了一代又一代青少年只争朝夕、奋发读书。我作为一名档案工作者，平时也注意做好家庭档案的收集与整理，翻开阅读档案的目录便签，看到第一份档案是 1977 年我 9 岁时保存的连环画，第二份档案是 1982 年在新华书店购买的《新华字典》，第三份档案是 1991 年图书馆借阅卡登记表，第四份档案是 2004 年下载的电子书、2017 年下载的听书资料和 2019 年微信读书资料，第五份档案是 2022 年 6 月保存的智能借书柜使用说明书。

连环画

　　连环画（俗称"小人书"）是我童年时代最爱的读物。1977 年秋我上小学，学校设立了借书室，每当我借得一本连环画，就是

连环画

我最满足和最幸福的时刻。休息时间和同学们讨论连环画的内容，交流阅读心得，有时还会因为对图片内容的不同理解而争得面红耳赤。我购得一本连环画就会拿着它去同村左邻右舍的小伙伴家中交换阅读，走亲戚时也要带上一本连环画与堂哥堂妹相互交换。请父亲讲连环画故事是我晚上最快乐的时光，我总是早早做完回家作业，一吃好晚饭就缠着父亲要他讲连环画上的故事。父亲小心翼翼地从床头柜中拿出珍藏的连环画，给我讲《南征北战》《鸡毛信》等故事，我则在听讲中慢慢进入了梦乡。

新华字典

1982 年我读初一，午休时都会到离学校不远的新华书店看书，把几个月的零花钱攒起来在新华书店选购书籍，《新华字典》就是我在新华书店里买的。《新华字典》伴随着我的学习生涯，一遇到不认识的字就翻一下字典。靠着这本《新华字典》，我沉浸在阅读的喜悦中。我最喜欢读的是《十万个为什么》《地理知识》等，逛新华书店浏览书籍是我学习闲暇之余的惬意时光。

纸质借阅卡

1991 年我上了军校。休息日经常到当地图书馆去阅读，为此我在图书馆办了一张借阅卡，看到图书管理员通过图书目录快速地从几十万本图书中找到我要阅读的图书时，我对图书管理员投去敬佩的目光。阅读大厅内静悄悄地，我找个空位坐下，安静地阅读着，遇有重要学习章节就会放个书签，便于做摘抄。在知识的海洋中，我常常忘了时间，不知不觉就到了闭馆的时间，在图书管理员的几次催促下才依依不舍地离开。凭着一张借书卡，我在图书馆学到了知识，增长了见识，为自身的学习成才铺就了一条道路。2015 年 8 月我重返军校，又一次来到图书馆，故地重游，感慨万千，仿佛看到了年轻时的我默默阅读的样子。

手机阅读软件

随着时代的发展，现代科技竞相应用于阅读领域，电子书悄然走入人们的视线。2004 年 10 月我购买了手机下载电子书，出差途中利用空隙时间看看电子书。2017 年我又购买了智能手机，下载了听书软件，听书更方便了，可以随时听，做家务时可以听，出门在外等车时也可以听。也可以精读细研，我经常阅读《专栏精粹》，其间无须担心生活节奏快、时间碎片化无时间阅读，自有专业主播摘录最精彩文章的观点读给我听，节省了我的阅读时间。2019年我又开通了微信读书，直接点击书名就可以试读也可以直接加入书架，在微信读书好友排行榜中选择自己喜欢阅读的书籍就可以阅读优质书源，提高了阅读效率。

智能借书柜

人工智能、大数据、区块链、云计算、5G等现代科技在阅读领域的广泛使用，图书借阅也实现了智能借书。2022年6月1日，国家税务总局苏州市相城区税务局"书时光"智能借书柜开始正式启用，智能借书柜以"集约、开放、共享"为理念，依托苏州图书馆资源，为读者提供资源丰富、借用快捷的借阅服务。智能借书柜无须办实体卡与支付押金，只要通过小程序或者APP扫一扫即可轻松完成借、换、预约等多项操作。我用微信扫描功能在智能借书柜电子显示屏扫一扫默认取书点二维码，不到三秒钟就借到了我心仪的图书。智能借书柜的正式启用为"书香税务"品牌拓展了更深的文化内涵。

生命不止，阅读不休。从纸质阅读到数字化阅读，我国已经进入"全民阅读"时代。百年阅读变迁史，就是一曲时代变奏曲。作为新时代税务人，我要加强阅读，时学时新，学用结合。

双脚踏上幸福路

高　辉

辛丑牛年的生日我获得了一份厚礼——在 2021 年张家港市举办的首届"建立红色档案、赓续红色基因"活动中，我被评为"红色建档示范户"。虽说不是一个专业的档案工作者，但因业余爱好及从政的经历使我与档案结下了不解之缘。在张家港（沙洲县）建县（市）60 周年之际，再次整理我的《红色档案》，回眸一甲子蝶变，思绪仿佛又回到了那个激情燃烧的岁月。

我收录的有数百幅摄于 20 世纪六七十年代的黑白照片，这些照片涵盖了港城的社会事业及工农业生产，透过时光的沉淀，定格了一座城市奋发图强的昨天、浓缩了故乡发展的乡村变迁、讴歌了港城人自强不息的敢为人先，更印证了档案留痕历史、传承精神的无限魅力。每当我翻阅这些弥漫着独特韵味的珍贵照片，一幕幕的往事就会呈现在眼前。最令人难以忘怀的就是那条曾经"斗折蛇行"之路的华丽蝶变。

1962 年沙洲建县时我刚入小学读书，孩童的世界里对一切都

20 世纪 70 年代县内公路

充满着好奇。为何雨天人们在泥泞的路上艰难行走所穿的鞋总是又硬又笨重？后来才知道那叫"钉鞋"。它是用桐油涂抹鞋身，底部安装许多铁圆钉用来防水止滑的鞋，也是特定年代因"路"而生的无奈。也就是从那时起，我对"路"产生了朦胧的记忆。

随着年龄的增长，我逐渐对家乡鹿苑的路有了深刻印象。历史并未给"银鹿苑"遗留下所谓得天独厚的道路资源。建县初期该镇的交通主要依靠三丈浦、盐铁塘水路。陆路上，沙石路面的老204国道与鹿杨路虽在境内交汇穿过，但受限于狭窄、区位等诸多因素，当地的经济发展及百姓生活都不同程度受到制约。镇上除老街石板路外，全公社村组道路均以泥路为主，宽一米左右，仅供行人或两轮农用板车勉强通行。落后的乡村道路使得农民的生活条件未能随着时代的发展而获得改善，农村自给自足的消费环境因此也没得到根本好转。深受路苦者怨声载道，尤其是居住在距离镇5千米外的马嘶等四个村的群众，平时上街购物或到机关办事总要在往返的路上耗费很长的时间。受路困扰的还有我父亲，常年奔波于马嘶中学上下班的路途，颠簸于高低不平的沿塘纤路，常常是"晴天一身灰，雨天一身泥"。曾几何时，我在骑自行车下村的途中摔倒在路边沟渠里的尴尬场面依然记忆犹新，甚至回首中学农忙假期来到三里外名叫金家庄的生产队支农一月，艰辛穿梭于"阡陌纵横"之间，亦感路途迢迢。

党的十一届三中全会的召开，农村改革拉开了序幕。沙洲全县社队工业发展迅猛，道路建设同步得到推进，三分之一的生产大队率先进行碎石路面的机耕中心路拓宽，过渡成了早期的简易公路。曾经的县级样板大队第十六大队修筑了引以为豪的首条连接204国道的"花园大道"。20世纪80年代后对外开放已成国策，为适应苏锡常地区工业卫星镇前期发展之需，1983年由公社筹资，宽8米，全长约6千米的鹿苑集镇至马嘶片区的"鹿马公路"竣工，打通了东片交通瓶颈，此刻"大路大发"的口号振聋发聩，"要想富多修路"形成了全社会共识。过境204国道顺利拓宽直至东移重建，原338省道张杨路（原鹿杨路）获得升级并东延，巨鹿路、港花大道等诸多记不住名字的道路相继出现。原人民路（金苑路）、银苑路等9条集镇道路得以修复，其中"望江路"复古改造取得一定成效。

自20世纪90年代中期开始由杨舍镇"振华精神"升华的"团结拼搏，负重奋进，自加压力，敢于争先"16字张家港精神得以弘扬，集体经济日益壮大。结合卫生村和美丽乡村创建，服务于

1993年拓宽改造后的张杨公路

2015年，202县道花园村徐家湾公交站

农村、造福于农民的进村入户路网全面实现了硬化、美化、亮化，村村通上了公路，大部分家庭拥有了轿车，圆了几代人的梦想。得益于可持续发展带来的巨变，不仅村组道路旧貌换了新颜，而且公交设施的完善又给人们创造了绿色出行的便捷条件，全市农村9条公交线路在镇区始发、中转。镇西"锡通高速"，镇东"沪苏通""南沿江城际""通苏嘉甬"3条铁路正以豪迈姿态迎接着更加美好的未来。

今天我凝视这些路，蜿蜒曲折、坑坑洼洼已成过往。昔日对其产生的迷茫和彷徨荡然无存，崇敬之情与日俱增。它延伸至每个角落，宽阔、豁亮的身影无时无刻不彰显着时代发展、社会进步的印记。它们与港城一起成长，有效推动了区域内相关产业的发展，改善了百姓生产生活的条件，使人民对未来美好生活充满憧憬。

故纸写春秋，名山换旧容

俞正阳

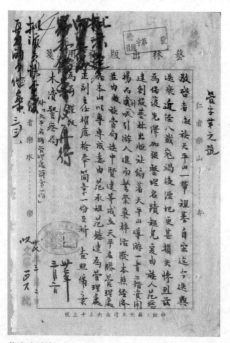

范家申请书

前不久，我在苏州市档案馆查阅档案，一份70多年前的档案无意中映入眼帘。这是苏州范氏家族于1948年3月向当局提交的一份申请书，通篇由毛笔在竖笺纸上写成，字迹工整中略带飘逸。

望着泛黄的故纸，我眼前浮现出这样一幕场景：1948年3月的一天，两位儒雅的先生走进了木渎警察局，将一份申请书呈递到季姓局长面前。这两位先生都来自苏州著名的范氏家族，一位名叫范承祖，是范仲淹第二十七世孙，另一位名叫范懋达，比前者小两辈。他们此行是受全体族人委托，希望办成一桩不论对社会还是对家族而言都具有重大意义的事。坐在办公桌后的季姓局长打量了两人一眼，便将目光移到那份申请书上。那文书大意是：天平山的名胜古迹从宋代至今屡兴屡废，自1937年苏城沦陷后，这里又遭受了日寇长达八年的蹂躏与破坏，情状堪忧。为了保护与祖先范仲淹有关的历史遗迹，同时也为了发展旅游繁荣本地经济，范氏家族希望成立天平名胜管理处，委派族人范承祖、范懋达担任管理处正、副主任。同时成立艺林出版社，专门出版发行介绍天平山名胜古迹和历史故事的普及读本。后面还附上了一份《天平名胜管理处简章》。

民国时期的天平山

自北宋以来的大多数时间，天平山都在范氏家族的管理维护之下，但范氏后人对祖茔之山进行旅游开发却是一项创新之举。早在当年2月，范氏族人已经共同拟定了《天平名胜管理处简章》。显而易见，范氏族人对于此事已然深思熟虑。据《简章》规定，天平名胜管理处与义庄、义学一样，皆属于范氏家族机构，其最核心的职能是对族产进行保护。虽然此时管理处的人员和组织架构已经基本完备，但"万事俱备只欠东风"，管理处要想真正成立并发挥作用，还需得到官方批准。于是便由范承祖、范懋达代表全体族人出面，向当局正式提出备案申请。

季姓局长草草看完申请书和《简章》，奉行"多一事不如少一事"的他计上心头，拿起毛笔在申请书上涂抹上一段字迹潦草的官话："批示：查本分局未便备案，可径向吴县县政府呈请备案后方可组织与外界行文。"便把皮球踢了回去。

范家后人怀揣一腔热情而来，原本期待得到当局支持，没想到却碰了个软钉子，失望之情可想而知。范氏后人的呼吁和努力，最终也难以改变天平山的面貌。范懋达在失望之余，发动范氏家族的有识之士编著了《天平山导游》手册，并正式对外发行3万册，这也是发行年代最早的一本系统介绍天平山的旅游手册。

范氏家族在苏州定居繁衍历经千年，范仲淹宏大的格局、超前的眼光、强烈的社会责任感融入了一代又一代后裔的血脉中，他们始终将家族命运与国家命运紧紧联系在一起，把利国、利民、利天下考虑在前。1949年4月27日，苏州宣告解放。不久之后，范氏族人将包括天平山在内的族产捐献给了人民政府。1954年年初，当时的苏州园林管理处正式接管天平山，并于当年5月开始陆续修缮御碑亭、接驾亭、高义园等古建筑，并疏浚十景塘。这座原本荒凉颓败的苏州山地园林代表顿时面貌一新。同年8月1日，天平山作为公共景区正式对游客开放。

查档中，还有一份档案令我印象深刻，这是苏州市档案馆珍藏的一份《为申请补贴整修天平山风景区经费的紧急报告》，这份文件是1977年8月20日由当时的苏州市城市建设部门印发，字里行间无不体现着党和政府对景区保护的高度重视："由于文物风景点数量多，修理面积大，经费有限，维修工作往往顾此失彼。其中最为严重的为天平山，由于年久失修，百分之八十以上的建筑因危险而封闭……水池淤塞，驳岸失修，桥梁危险……随着形

当代天平山美景（韩薇摄）

势发展和国际友人的增加，中外游览者迫切要求到天平山参观，因失修往往不能满足游客的要求，另从保护文物遗产也亟待要求抢修……经初步计算，以上项目共计需修理费 50 万元左右，由于园林收入有限，市三项费用安排有困难，特请市财政局转报省财政局补贴解决。"

得益于党的领导，得益于社会主义制度的优越性，包括苏州山地园林典范——天平山庄在内的众多文物古迹被完整地保存了下来，并呈现在世人面前。

在景区档案室中，这些日积月累形成的档案，如同一台时光机，让我们得以自由穿越古今，更是见证了改革开放后景区的发展历程。

每到秋季，天平枫染山醉，如同展开一幅崭新时代的绚丽画卷，令人百看不厌、回味无穷。

为了这一股清流

冯　钰

　　在未接触档案之前，在我的印象里，档案就是电影里展示的一堆堆陈旧的废纸，落满厚厚的灰尘，也许几年都没人翻动一下，觉得天天泡在枯燥的档案中，必定十分困苦。但当我深入了解这份工作后，才知道档案是由千百年历史的记忆累积而成，汇集着大千世界的千姿百态，记载着岁月长河的精彩时刻。而苏州供水的过去、现在与未来，正由档案这条纽带连接而成。

　　苏州供水有着七十一年的光辉历程，尽管在历史岁月中只是短暂的一瞬，可是对生活在这座千年古城的市民来说，却是跨越了两个不同的时代。

　　中华人民共和国成立前，人们早就有对自来水的渴望，也曾有仁人志士商议兴办苏州自来水供水事业，甚至付出了几十年的努力。虽然这些努力最终付之东流，但代表了广大市民对苏城供水发展的期盼与渴望。

　　随着新中国的诞生，一个崭新的时代开始了。在这片刚刚留

供水营业大厅（摄于 2009 年）

下无数沧桑烙印的古老土地上，苏州人民政府开始兴办人民群众自己的供水事业。从此风雨兼程，苏州供水事业像一棵幼嫩的小苗，在所有供水职工的辛勤培育浇灌下，伴随着我们伟大祖国改革开放和创新发展的前进步伐，茁壮成长起来。现在，苏州市自来水有限公司已经是一个拥有 3 座现代化水厂、日供水能力达 110 万立方米、供水用户 52 万户的大型供水企业，日夜为苏州经济发展和人民生活保障，送出涓涓清流。

在人生的旅途中，对往事的记忆总是或深或浅，有些记忆会随时间的流逝而慢慢从脑海中忘却，但因为档案，让这些记忆深深驻留在我们心灵深处的那片港湾中，永不褪色。苏城供水这 70 余载，那些饱含了供水职工千万辛勤、无限深情和无私奉献的桩桩件件档案，就是我们心灵深处永远忘却不了的记忆和眷恋。当年，赵大士、王德礼等一群普通的管道工，在铺设供水管道工作中从事着大量的挖土、扛管、推车等工作。在那生活资源严重匮乏的年代，他们所耗用的体力已远远超出了自己体能的负荷。但凭着对供水事业、对公司最朴素、最真挚的情感，他们最终完成了常人难以想象的苦重工作，奠定了苏州供水事业初期发展的基础。20 世纪 60 年代，管道施工工艺技术还相当落后，管道间接口的施工需投入大量人力、时间，很不经济。为此，公司技术人员埋头钻研，反复试验，终于成功研制出一种新型接口材料并全面投入使用，成为当时国内首创。这项新技术一方面大大减轻了

一户一表改造

工人的劳动强度；另一方面也为公司的科技进步添上了浓墨重彩的一笔。当年，在还没有计算机、没有电脑的年代，大家十分期盼操作自动化、集中控制等新技术的运用。于是，一批年轻的供水人自力更生，通过自主设计、制作、安装、调试，在胥江、北园两个老水厂的滤池部分成功采用了"一步化"的水力阀门集中控制、浊度检测仪自动测定滤水浊度等技术……像这样的事情还有许许多多，不胜枚举。

每每翻看档案柜中的照片档案，虽然事情过去很多年，但看着老职工们青春的面容和纯真的笑脸，他们的形象、他们的成果、他们的精神……仿佛就发生在昨天一般，如此清晰，令人感慨万千，成为永远驻留在供水人心灵深处无法抹去的深刻记忆。档案带给我们的眷恋之情，也必将化作继往开来的动力，激励苏州供水事业的后来人继续努力奋进。

留下岁月的印痕

吴　玥

　　初识档案的重要性，源于多年前母亲的退休。母亲到了退休年龄，却因档案年龄与户籍年龄不符，根据规定无法办理退休手续，而补救措施就是提供当时参加工作的原始凭据。可原单位早已改制，上级主管部门保存的档案又不完整，母亲很是焦虑。经人指点，我带着母亲去了苏州市档案馆。在工作人员的帮助下，我们还真的在汗牛充栋、门类繁多的档案卷宗里像大海捞针般地找到了母亲三十年前的工作信息。看着纸张泛黄的原始审核表上，母亲青春朝气的免冠黑白照片、详细的工作经历以及与户籍登记一致的身份信息，我很惊喜，好似一下子看到了母亲勤勉的青葱岁月。临别时，母亲握住档案馆工作人员的手，一个劲儿地说着"谢谢"，其内心的激动和对档案工作人员的真挚谢意不言而喻。而我也对档案有了切身的体会：它是人们从事各种社会活动的原始记录，是还原历史真相最有力的查考凭证。

　　再识档案的重要性，是我在苏州市排水有限公司从事档案工作后。在日常的档案整理、编目、提供利用工作中，我渐渐体会到档案工作作为单位的基础性工作，在保存苏州市排水有限公司历史和传承中的重要作用。因母亲查找档案的经历，我对单位的档案工作便多了些敏感和关注。在整理单位老档案时，发现一些很久以前遗留下来的有关污水厂项目前期建设和后期竣工的档案，以及城市支管到户工程档案等，从中不难看出苏州城市排水发展轨迹以及城市地下管道的"透明"历程。苏州城市排水事业的发展当然也离不开一群创造"苏排精神"——"让城市的管道畅通无阻，苏城的百姓顺畅排水"的管道疏通工，全国劳动模范罗延银就是"苏排精神"的一张闪亮名片，单位的照片档案里就有他

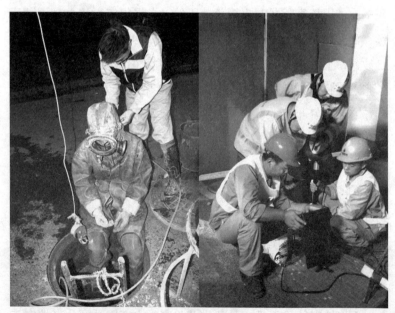

罗延银工作方式前后对比照

们的工作记录。作为排水公司的一群治愈城市"肠梗阻"的管道疏通工，一直坚持着一份"苦、脏、累"的活儿，穿上专业防护服，系上绳索，戴上防毒面具和皮手套，全副武装地顺着单梯，下到窨井，对着散发着恶臭的生活垃圾，一勺勺地挖，一勺勺地舀，有时还得用手一点点地抠……这是他们过去多年日常工作的常态。伴随着城市排水管道档案的日益健全与数字化，管道疏通工作也开始转向科技化、智能化，部分人工下井作业已逐步被一些新型的非开挖修复等手段替代，智慧管道疏通养护至此开启。这些档案让新一代苏州排水职工了解了排水事业的发展历程，激励着他们在排水事业的岗位上奋斗。

在社会文明发展的长河里，档案不仅在单位和机构中记录着历史，发挥着作用，也正频繁地"飞入"寻常百姓家，与每个人"结缘"。户籍档案、学籍档案、人事档案、健康档案、基建档案等各种门类的档案，每天都在记录着这个社会的人和事。它蕴含着历史沿革、行业兴衰、产业发展、水文气象、风俗人情等丰富的信息资源。可以说档案就是岁月的印痕，它还原了人类的记忆，使人们对历史的触摸陡然增加了真实感和厚重感。古往今来，档案的作用为历代所重视，或文史传承，或昭示后世，或彰显文明。进入新时代，档案在资政育人、服务民生方面迈出重要步伐。档案就像一条跨越了时空的纽带，承载着过往的荣辱、现时的图强和未来的憧憬，见证着人民对美好生活的向往和奋斗历程。

档案里的记忆

倪菊华

　　岁月缱绻，葳蕤生香，今年是东山宾馆成立30年。在过去30年的岁月里，东山宾馆栉风沐雨，砥砺前行，一代代勤奋的劳动者在这里挥洒汗水，付出心血，档案里真实记录下的一个个奋斗瞬间，让新一代劳动者通过一份份档案资料，推开历史的门扉，回顾那些难以忘怀的珍贵时刻。

记忆之一：变迁

　　2006年我有幸进入东山宾馆，从此便与这里结下了半生之缘。当我推开档案室的大门，翻开那些带着岁月味道、微微泛黄的照片，充满年代感的图纸和工程的手稿，一下子就把记忆拉到了1992年。在宁静安逸的太湖畔小镇，在那个满山红橘的秋天，土生土长在东山的我惊奇地望着开进来的一辆辆工程车。不多久，满是果树的山坳里就开始有了轰隆声，在经历一番垫高、平整后，通往山顶的方向神奇般地有了一条宽敞的大道，随着山里的工程推进，最开始的东山宾馆一区就有了雏形。

细细想来，虽然已经是 30 年前的事情，甚至已隐藏在记忆的最深处，但当看到那时的档案，却依旧让人觉得恍如昨日一般。那是一段怎样欢乐的时光啊！五六个小伙伴每日放学后的快乐就是跟随在建设人员身边，在山里跑来跑去，犹如探险一般地对工地的一切都充满了无限的好奇，熟悉山路的我们甚至有时候还能做起向导。那段时间，工地上总能见到小小的我的身影，在埋雷管开大路的时候，我是躲在杨梅树下数雷管预埋洞的那个姑娘；在宾馆主楼建成的时候，我是看着师傅们蹲在地上，精雕细琢铺设大理石的那个姑娘；在宾馆开门迎客的日子里，我也是跟着父亲来见世面的那个姑娘。原来那些记忆都不曾忘却，只是深藏在了记忆的最深处，而今看着这些沉甸甸的档案，便也触摸到了心

东山宾馆外景

底深处对这片土地深深的爱。

记忆之二：积淀

曾记得 2010 年的 5 月份，那时有一个世界级的学术会议选址在东山宾馆召开。那是一个四年一届的学术年会，来自全世界 34 个国家的 220 多名科学家，不远万里从世界各地来到太湖边的东山小镇。东山宾馆有幸被选中可以说是承载着无数的期望。面对这个高规格的会务要求，东山宾馆希望可以在活动中给予所有宾客一些富有年代感的分享，感受中国文化的博大精深，让他们记住东山这个美丽而又富有魅力的地方。这是一个分量很重的任务，而档案就是给予我们最好的指引。

当时，我们一头扎进档案室，翻查档案，广集博采，精心筛选，

2001 年时的东山宾馆全景图

从宾馆建店的资料到当时的最新创意，终于在如山的档案中找到了富有特殊意义的礼品——《太湖撷萃图》卷轴，这幅卷轴原稿是东山宾馆的镇馆之宝——黄杨木雕《太湖撷萃图》，该画将当时吴中区太湖周边的 6 大景区 34 个景点撷于一图，尽显能工巧匠之技艺，独具木雕工匠之精神。当将这样一幅稀有的臻品卷轴展示给外宾欣赏时，他们无一不发出啧啧称赞之声。他们如获至宝，赞叹画艺之精巧，木雕之精细。经此一事，也让我们更直接地感受到那些有记忆有温度的纸张的魅力。档案已然不仅仅是一种记录，更是时代的文化积淀。

记忆之三：传承

30 年的发展，就有 30 年的记忆，档案里蕴藏着巨大的宝藏。东山宾馆服务精神的代代传承，与档案工作的开展密不可分。曾记得每次有重要客人跟办服务，查阅历史档案是必须要做的一项重要功课。从宾客的喜好、习惯、饮食等方面，从大量的档案中找出相关资料，将需要的信息一一做好收集准备。同时，在服务过程中，也要把遇到的各种发生的事情做好记录，因为"今天的事情就是明天的历史"，便于之后历年历次可以有更新的参考信息，确保做好每一项服务工作。

一行行岁月的字迹，一张张往事的照片，记录着东山宾馆 30 年的辉煌与发展，记录着前辈们忘我奋斗的服务精神，也记录着一代代劳动者不忘初心、牢记使命，为服务行业不懈奋斗的伟大传承。档案对于我们的服务有着至关重要的意义，这项工作需要一棒一棒接力，可以说是每个劳动者肩头的使命，更是传承的精髓。

时过境迁，岁月荏苒，档案存在的意义并非其本身，而是它所承载的那些人、那些事和那些时代，让我们一回眸，便是一处风景，一转身，便是一个光阴的故事。

红色档案里的青年工作

徐鉴棠

常熟的青年工作，有着十分悠久的历史。早在 1919 年"五四"运动时期，常熟就成立了高校学生自治联合会，旗帜鲜明地反对帝国主义的侵略活动。1926 年 2 月，李强（原对外经贸部部长）、周文在（开国少将、电视剧《雪豹》周卫国原型）等人在常熟城区的"亦爱庐"内建立起了常熟第一个党团混合的支部。90 多年来，常熟的青年工作积累了丰富的历史档案资料。

在深入学习红色革命历史的过程中，档案研究是必不可少的途径之一。各类档案资料以最直接的面貌，生动还原了各个阶段的历史。在火红的五月，我走进了常熟团市委的档案室，仔细查阅了里面各项档案资料，认真学习了各个时期常熟共青团在党的领导下所进行的各项具体工作，深刻感悟了青年前辈们为了社会主义建设事业所作出的贡献。

翻阅档案资料，首先映入眼帘的，就是 1919 年出版的《常熟学生联合会间日刊》。虽然经历了 100 多年的历史，但透过泛黄纸张上的激昂话语，依然可以感受到当时学生们空前高涨的反帝爱国热情。开篇的《发刊感言》，就以"昆仑崩，大江沸。天地晦冥，人物皆魅。可边风云，挽弓介马。大命将倾，如航舟于惊风骇浪！"这样气势磅礴的语句，表达了青年们要"力挽狂澜于既倒"的报国决心。

由于白色恐怖时期、抗日战争时期敌人的破坏，从事党团活动需要严格保密，因而早期共青团工作留下的资料几乎为空白，这也是时代局限留下的遗憾。随着解放战争的节节胜利，常熟的进步青年在党的领导下，再一次登上了历史的舞台，以热情饱满的姿态，迎接新中国的到来！

这是一张1949年的入团志愿书。这份珍贵的历史档案，鲜明地还原了一位进步青年的觉醒之路。这份入团志愿书的主人公叫顾震远，1927年生，中农出身，5岁那年父亲就去世了，7岁时进了学校，11岁时因为日本帝国主义的侵略被迫辍学。14岁

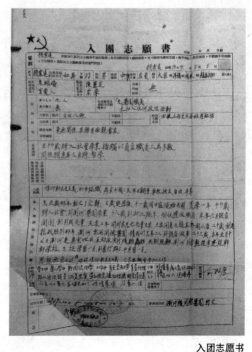

入团志愿书

开始，顾震远便为了生计被迫踏上社会——在太仓浏河镇的酱园做工人，又在浙江临平的烟纸店做学徒，历经了艰辛。由于连年的战乱，商业经济一片萧条——浏河镇的酱园被敌机炸毁，临平县的烟纸店也最终倒闭。顾震远兄弟几人颠沛流离，过着艰苦的生活。1949年4月中旬，人民解放军横渡长江天堑，以摧枯拉朽之势彻底消灭了江南各地的反动政府，常熟人民也终于迎来了解放。顾震远亦随着时代的浪潮，投考了"常熟建设干部学校"。在培训中，顾震远表现积极，虚心学习文化知识，深入思考时事政治，团结广大同学战友，服从组织安排，很快被推荐加入中国新民主主义青年团（共青团的前身）。1949年8月8日，顾震远怀着激动的心情，庄严地在入团志愿书上写上"信仰新民主主义，初步认识，为求中国人民早日翻身、争取独立、自由、平等"。1949年10月8日，在开国大典礼炮的余音中，顾震远光荣地加入了中国新民主主义青年团。沐浴在新时代的阳光下，顾震远迅速成长起来，历任共青团吴市区委副书记、共青团常熟县县委组织部部长、副书记、书记，成长为一名优秀的党员领导干部。可以说，没有共产党就没有新中国，也就没有贫苦农民出头的日子。一张普普通通的入团志愿书，背后蕴藏的是共产党团结带领广大人民翻身解放的伟大历史功绩！

作为一名从事青年工作者，要认真总结、积极提炼档案中的红色故事，组织引导一代又一代青年知史爱党、知史爱国、坚定信念、努力奋斗。

扎根档案工作，不负高铁青春

杨茂峻

　　档案，在升学、工作中必不可少，听起来十分枯燥乏味，仿佛是与这日新月异的大数据、"互联网＋"、区块链时代脱了节。

　　然而，在苏州高铁新城，每天的工作都伴随着一列列南来北往的高铁飞驰进站出站的痕迹，留下的一条条记录汇聚成了高铁档案。

　　近年来，长三角城市群在积极布局科技创新、现代经济体系方面，以高铁为枢纽，融通汇聚，坚持创新一体化协同发展，高铁新城正是枢纽之一。

　　每个高铁活动的举办，每位高铁人的调动升迁，每场高铁党小组会议的召开，都会留下记录，而档案，便承载了这份记忆。即使风吹日晒、时光流逝，依然保留住当初留下的痕迹，等待着被唤醒、被回忆。

　　年少读书时老师给出的评语，进入高等院校后获得的校级奖励，工作后得到上级授予的荣誉……墨水在纸张上浸染出来的只

作者工作照

言片语，折射映照出的是每个人在曾经最美好的年华里留下的被认可的华彩篇章。这一份份看似平常的档案，记载的，是一个个高铁人的人生。

每一份发来的通知，每一份发出的公文，每一场成功举办的活动……累积起来就是高铁新城每个部门辛劳工作的日日夜夜。这一份看似烦琐的档案，记载的，是每一个高铁部门的点滴。

十年来，高铁人的档案里，京沪高铁和正在建设的通苏嘉甬高铁、苏锡常和如通苏湖城铁构建了"双十字"枢纽。在飞驰列车的带动下，高铁新城打造了紧临苏州高铁北站的三角国际研发社区、中日地方发展合作示范区、中荷（苏州）科技创新港、数字金融、影视产业、阳澄电竞等产业园，这些几年前存在于构想、PPT、演讲稿里的场景，正一步一步变成现实，档案见证了这一栋栋摩天大楼、现代化产业园从规划到建成的每一步，记载了无数高铁人日夜奋斗的成果。

10年来，高铁人的档案里，原本的田地，已经变成了优良优美的工作生活环境，让人才更加宜居宜业。南京师范大学苏州实验学校、苏州大学实验学校、南京师范大学相城实验学校等相继投入使用，多个人才公寓为不同领域的人才提供舒适居所。苏州国际文化体育艺术中心、苏州大剧院、苏州美术馆、图书馆等正在加快推进建设中。更有设计先进、各项设施空间集约、功能协调的高效率高品质城市市政系统，一座崭新的未来城市正一点点建起。档案见证了这一条条平整的现代化道路、一栋栋兼具环境美好、资源协调、工作生活舒适的房屋，承载了无数高铁人美好生活的希望。

10年来，高铁人的档案里，更收获了大江南北乃至海内外各种优秀人才。目前，高铁新城已引培18位国家级人才专家、8位

高铁新城

省双创人才、1个省双创团队、7个院士合作项目、1个苏州市顶尖人才团队；拥有7个市新型研发机构、1个省级院士工作站、1个省级众创社区、1个省级科技企业孵化器及2家国家级众创空间、43家国家级高新技术企业。一份份优秀人才的档案汇聚在高铁新城，见证了一位位业界精英、顶尖人才、行业巨擘带着疑惑、试探的眼神走来，最后满怀着希望和信心留下的每一步。

高铁驶过，将长三角的人才、资金、资源紧密捆绑在了这飞速行驶的列车线上，而这世界瞩目的高铁速度的背后，是无数默默无闻的铁路工人、列车维护人员，日复一日、风雨无阻地辛劳工作。

新城崛起，将江浙沪的科技、金融、文化融会贯通在了这日新月异的新都市中，而这眼花缭乱的高铁新城风采的背后，是一位位埋头工作的高铁人、档案人，不骄不躁、兢兢业业地全力拼搏。

在高铁新城从事档案工作，最考验的，就是融入日常的认真。而夜深忙完一天的工作后，漫步在高铁新城印象水街，触目可及："东风夜放花千树。更吹落、星如雨。宝马雕车香满路。风箫声动，玉壶光转，一夜鱼龙舞。"

一张老税票

李珊珊

历史像一条长河，奔流不息，我们沿着河边采撷，总有几个闪亮的贝壳勾起对历史的回望。我在偶然间看到了一张泛黄的老税票，奇妙的是，它竟然与我同龄，于是对税票这个与我日常工作息息相关的小物件产生了浓厚的兴趣。通过查阅档案资料，我对税票的前世今生有了更深刻的认识和了解。从市井生活到社会变革，税票包罗万象，随着岁月的流淌，从民国时期"不拘一格"的老税票到中华人民共和国成立后的手工税票、印刷票证，再到今天的电子票证，税票从没有固定格式到国家统一印制，从纸质化走向信息化，方寸票据的峥嵘岁月值得我们深思。

"以史为鉴，可以知兴替。"在我看来，税票的历史，是税制改革的历史，是经济发展的历史，更是中国经济的发展缩影。从中华人民共和国成立后为了适应"三大改造"的需要加快国家建设步伐调节各阶级的收入实行的"公私区别对待、繁简不同"原则，到改革开放时期为配合对外开放发挥税收的经济杠杆作用所启用的涉外税收制度和国有企业"利改税"制度，到 1994 年为建设社会主义市场经济体制实行的分税制改革，再到今天为促进小微企业发展而实施的一系列减税降费优惠政策……这些历史中都有税票的见证和记录，通过对一张张老税票背后故事的探索，我从这小小的税票中，看到了经济的发展历史，看到了中国的发展历史，看到了中国是怎样一步步从"一穷二白"走到了今天的繁荣富强。

老税票见证了税收事业发展的点点滴滴，承载着税收的演变历程，更见证了一代代税务人坚守自己的初心和使命。20 世纪 80 年代的税务人，没有办税服务厅，上班起早摸黑，一年四季里踩着自行车走街串巷去给个体户送税票，"单车 + 税票"是那个年代专管员的标配，也是所有老税务人埋头苦干、任劳任怨的缩影。到 90 年代，三轮摩托车开始成为税务人出行的新主力，"晴天是

税务档案

黑人,雨天是泥人"的两轮时代一去不复返,也开始有了办税服务厅,逐渐开始集中收税、税务办公信息化。那一张张税票、一笔笔账目,是反映经济社会的记事本,更夹杂着老税务人的责任与坚守,税票账本从"厚"到"薄",纳税人从以前的走马路,到今天的走"网路",从以前的"多头跑"到今天的"一次办",这些都凝聚了无数税务人的智慧和心血,变化的是方式,不变的是初心和坚守。

百年间,中国已经发生了翻天覆地的变化,国家日益强盛,老百姓的生活日益富足。中国的税制在与时俱进中历经多次改革,越发简化、规范、公平、透明,有力地促进了国家各项建设事业的蓬勃发展。老税票所记录的历史尽管已经成为"过去时",但其所记载的老一辈税务人兢兢业业、不畏艰难、艰苦奋斗的故事和精神,却值得我们今天的税务人努力学习、认真践行。

与老一代税务人相比,"生在红旗下,长在春风里"的我们成长在中国发展最快、最好的年代,如果说一百年前,无数仁人志士走出国门,寻求救国之良方,虽有所得,却难掩心中的屈辱和无奈。那么百年后的今天,伴随实现中华民族伟大复兴、构建人类命运共同体的历史使命,我们比历史上任何时期都更接近实现伟大复兴的目标。一代人有一代人的使命,一代人有一代人的担当,作为青年的我们也渴望在时代的风浪中勇立潮头、敢为人先,将青春奋斗融入税收事业,不负时代,不负韶华,这正是我们从历史的"教科书"中汲取的营养。

老税票见证了时代的变迁,见证了老税务人的担当,也见证了新时代赋予我们青年的使命,我们要秉承老税务人的初心与坚守,在平凡的"税"月中砥砺前行,实现不平凡的人生价值。

船　程

陈惠华

　　花开花谢，春去秋来，日子在弹指之间悄无声息地飞逝而过。深院月斜人静，人到中年，想要留住很多过往，透过徐徐清风，一伸手，却发现除了思念与回忆，居然还有家中的老照片替我撑起了一个别有洞天的空间穿越。翻开照片册，一张张照片犹如放电影般从脑海中翩翩起舞，特别是翻阅到那些与船有关的照片，思绪如潮涌，一瞬间把我带到了那些难忘而深刻的苍穹之中。流年不念终将安，时光不老你还在。

　　船，是江南水乡特有的水上交通工具。小曰舟，大曰船。别小看了这舟这船，在多年前，作用可大了，家家户户的劳作和生活都离不开它。我的家乡苏州东山，风景秀丽、物产丰富、依水而居，沿水而居的人家都有船，而我从小就是在船上度过的。一年四季、寒来暑往，江南水乡的人们对船有着一种特殊的感情。船，就像父亲，扛起了家里的重担；船，又像母亲，细心呵护照顾着家人；船，还像我的玩伴，见证着成长，分享着喜怒哀乐。无论身在他乡异

长脚盆划行（顾建明摄）

国，只要看到船，就会想到可爱的家乡，心中不由得生出股股暖意，加快脚步，风雨兼程，早日回到魂牵梦绕的地方。

春天，太湖莼菜上市啦，口感滑嫩，营养丰富，老少皆宜。莼菜好吃却难采，无法借用任何仪器，只能完全依靠人工采摘。在水里采莼菜必须要用一种东山的特殊工具——长脚盆，长约140厘米，宽约80厘米，小到只能蹲下一个人，像洗澡用的水盆。用木头做的长脚盆像船一样浮在水面上，采莼菜时人面朝水，后背朝天，探出脑袋，伸出双手，将鲜嫩的莼菜摘上来。盆儿虽小，作用真大。这小小的木盆船和它的主人风雨同舟，团结一致，向着新生活迈进。

夏天，太湖里的荷花盛开了，散发着阵阵清香。莲蓬一个个都抬起脑袋，等着人来摘。在荷塘里，荷叶一株挨着一株，密密麻麻，大船是不能进入荷塘的，会压坏荷叶秆。这时长脚盆又出场啦。个头小，方便进入，分量轻，不会压断荷花荷叶。控制长脚盆是个技术活，人蹲下，两脚放在长脚盆内部两侧，保持平衡是关键，不然人和船都要侧翻进水。采摘到手的莲蓬先放在长脚盆里，等长脚盆放不下了，再划水出来，将莲蓬放到大船上，大船开往市场，把莲蓬卖给需要的人。任尔东西南北风，小船大船接力干，道路越走越宽广，美好前程在眼前。

秋天，水乡农民家的鱼池开始捕鱼。经过春天和夏天的辛苦劳作，鱼塘里鲢鱼、鲫鱼、黑鱼、草鱼、螃蟹、黄鳝、塘鳢鱼、昂剌鱼，大大小小都有，捕捞上来就可以销售了。村里哪一户鱼塘要捕鱼了，村民们都会自发地行驶着自家的船来帮忙。天还没亮就开始，一直忙到傍晚。晚饭都会聚集在这户人家里吃，鱼头汤是晚饭的主菜，红烧肉是大家的最爱。这两道菜是经典菜，每一户家里都会烧，可大家总也吃不厌。也许，大家伙儿喜欢的是边大口吃饭边敞开怀聊天的美好时光，你说说你要说的，他讲讲他想讲的，说着贴心的话儿，不是亲人胜似亲人，一直到月儿挂树梢都久久不肯离去。

农民们将船舱里堆得满满的鱼儿卖掉，换来人民币放入自己的口袋中，这种丰收的喜悦让笑容像花儿一样绽放，是那样的甜，那样的美。有了收入，就能让孩子们继续上学，可以给家里添置些生活用品、修葺漏水的屋顶、买些好吃的改善下伙食……脚踏实地、勤勤恳恳，用双手创造美好的生活。收获的季节，是满足

停泊码头（谈晓华摄）

心愿的季节。

冬天，河道里结了薄冰，渔船上岸修整。木船，将有腐烂的地方敲掉，换上结实的新木条，再用煮熟的桐油涂抹船身，防止木头腐烂。铁船，将生锈的地方去除，刷上防锈漆，特别是船底的部分更是要仔细检查，不遗漏任何一个小角落，防止船儿在水中行驶时进水沉船。船儿们经过冬天的休养生息，为来年开春更好地投入使用，陪伴全家人一起走向新的明天、新的航程。

以上的舟、船是与人民群众的生活紧密联系在一起的。还有一种船，更是所有船的引领者。"南湖红船"，中共一大召开的船，是我们伟大党的"母亲船"，标志着中国共产党的诞生。"红船精神"，是开天辟地、敢为人先的首创精神；是坚定理想、百折不挠的奋斗精神；是立党为公、忠诚为民的奉献精神。这精神让中国特色社会主义事业蓬勃发展、兴旺发达，是我们战胜一切困难的力量源泉。

新时代，新征程，让我们启航，扬帆，为实现第二个百年奋斗目标和中华民族伟大复兴奋发图强、共创辉煌！

桃李开满园　档案传真章

顾雯霞

时光荏苒，档案见证。身为一名教师，我时刻感受着档案在我身边记录着我的初心和使命，记录着我幼教路上的点点滴滴。从 2008 年参加工作，转眼我在教育事业上度过了 14 个春夏秋冬，如今的我依旧初心不变，一直勤勤恳恳扎根教育一线，一路上汗水和泪水交织，收获的是十多年间孩子们与同事们的快乐陪伴。

一页页的档案记录让我明白平凡方显伟大。在幼教事业中，每一位教师就如同一根蜡烛，燃烧自己点亮孩子们的前程，用爱润泽祖国的花朵，用心去滋润每一亩心田。每一个孩子的资料经过我们的认真收集、耐心整理存放在档案室中，让我更加用心用情关注好每一个孩子。

记得我刚开始工作的时候，不了解每个幼儿的特点与教学方法，只想着把每个孩子都教会，认真负责就好。有一次点名时，一个孩子不参加点名活动，老师想了解情况，可是怎么询问都不吭声，在我看来，不管什么原因，有人问到问题，你都要回答，即使说"我不想说"也比不搭理老师和伙伴们来得好。但我批评了他之后，他的表现是不理解，甚至不接受，眼眶里的泪水不停打转，但终究没有滑落。从那以后，他对我有了莫名的敌意，集体活动时到处乱跑，无论我在活动中点到他名字还是私下谈话都无济于事，我不知道是哪里出了问题。一个偶然的机会，我看到了他的档案，才了解到他的父母离异了，爸爸一直在外打工，他从小跟爷爷奶奶住，性格内向自卑。这时我才开始明白，上次我当着全班的面不问缘由地问他，他的内心受不了，才变成了现在这样。我开始想办法弥补，明白了这样的孩子更缺少的是关爱而不是批评。我当着全班孩子的面把上次的事情说清楚，在恰当的时候适当地鼓励他，渐渐地，他开始上课听讲了，各项能力也一直在进步。这是档案发挥的作用，帮助我了解他、帮助他。从那之后我便懂得除了教育职责，还应给予幼儿更多的关注，要了解他们每一个人，因为了解才是维系师幼情感的纽带，是教师成功教育的原动力。

我从没想过在教育这条道路上，在课堂之外，还有这么多责任，既然我选择了这个职业，就要把教师精神渗透到我生活里的点点滴滴，全身心投入教育事业，无愧于人民教师的光荣称号。其实爱是可以传递的，当幼儿发现你在爱他，在关心帮助他，他也会敞开心扉去拥抱你。档案让我知道要用点滴之爱滋润心灵，用星星之火点亮人生。

档案作为我们身边的帮手，一直在默默记录，默默发光。档案不仅教会了我如何面对幼儿，还在我们的日常工作中起着不可或缺的作用。我们教师的每一份资料、每一份文件都要分类存放，当需要什么文件时，哪怕几年前的资料都能在第一时间找到，档案管理给我的工作以及个人成长带来了无数的便利和有序。有一次学校在上级部门进行材料审核时，少了一份聘用人员合同登记表，各位老师和领导翻遍了各个地方都找不到。而我有了上次利用档案的经验，就跟领导说不如去档案室里找找，后来果然在档案里找到了备份，使这次审核工作顺利完成。

这么多年的教师工作，让我看到了身边有很多优秀的教师，他们的档案中展示着"春蚕到死丝方尽，蜡炬成灰泪始干"的奉献精神，还有"千磨万击还坚劲，任尔东西南北风"的实干精神。夸美纽斯说过："教师是太阳底下最光辉的职业。"新的一年，档案将继续记录着这光辉路上的桩桩件件，用爱和希望不断丰富我们自己的人生档案。

历史无言之处　档案报之以歌

朱利萍

　　档案是我们连接过往最重要的文本，它是我们民族文化和国家发展最重要的见证者；是我们反思历史，继往开来的重要桥梁。失去历史就如同失去根基。每当翻阅一卷卷档案，我都不由感叹，时代的记忆，历史的变迁，竟都定格在这一页页的档案之中。它尽管没有长辈们诉说的声情并茂，没有日记中情感的直白宣泄，也没有电影画面的生动演绎，但一如它深沉而真实的个性，且更为客观，更为翔实。

　　往往那些真正动人的故事都隐藏在简单的甚至有些古板的标题之下，如果不是有意探寻，任谁也不会在意这段隐匿在档案库房中的历史，但如果我们用心钩沉，认真淘洗，便能从中发现金子般熠熠生辉的精神财富。常阴沙农场的历史变迁正是这样一段值得我们从档案中还原的历史，它生动展现了张家港人民在中国共产党带领下坚持创业、艰苦奋斗、不屈不挠的建设精神。常阴沙首任场长陆立成同志关于常阴沙农场初创时期围垦造田的口述材料，如今已以影音的方式保存在档案馆中，它与那些文字一道，为我们刻画了常阴沙农场的草创与辉煌的历程。

据记载，1950 年以前，还不存在能被称为"常阴沙"的农场，有的只是几块互不相邻的沙滩。1951 年，解放军来到这块土地开展围垦作业，在农业还没有实现机械化的那个年代，他们所遇到的困难是难以想象的。然而他们满怀的是将百废待兴的祖国建设为人间乐土的决心，凭借这决心，即使再艰难的条件也将被克服，在这决心的浇灌下，浩大的开垦活动在这块长江淤沙冲击出来的土地上开始了。彼时解放战争才过去不久，中华人民共和国成立前国民党为了防止解放军过江，在江堤上筑了一些工事，中华人民共和国成立后未来得及修复，长江经常决堤，淹死了不少人。重新修堤占用了老百姓的土地，因此通过围垦新地来补偿农民，而多余的 520 亩地就是常阴沙农场的雏形，可以说常阴沙是党和军队一心为民的最好例证。

农场第一任场长是陆立成，即使时隔数十年，他回忆起围垦工作，其艰辛的场景仍然历历在目。1960 年春天开始的挑大堤工作，大堤高 4 米，并按 1:3 的坡度挑起江堤，堤是老百姓一担一担地挑起来的，没有机器，全靠人力。围垦时成立了 20 个营部，全搭了棚子在工地上。接下来的平整土地，从四处借调拖拉机，然而开始工作才发现此处的土地以淤泥为主，还夹杂了大量芦根，导致拖拉机没走几步便陷在泥里，于是只好改用畜力。所使用的 500 头耕牛都是从百姓那里借或者买来的，每一头牛配合 3 个人，两人耕田，一人挖草喂牛。那时的圩塘里耕田场面非常壮观，10 个公社 2000 多人，仿佛一场大会战。正是在解放军和当地民众的无间配合和无私奉献下，1960年1月至7月，常阴沙又成功围垦沙地12000多亩，且当年就生产出了粮食。但这并不是终点，而是一个新的起点，在接下来的岁月中，农场职工们年年围滩开荒，扩大土地面积，年年平整和改良土壤，开河、挖沟、造闸、修渠、兴修水利，造桥修路改善交通，洒下了数代人的青春和心血。

如果档案会说话，那么它一定会将筚路蓝缕的创业故事娓娓道来。物换星移，岁月如歌，重要的并不是那个故事的具体情节，而是隐藏在故事背后的不变的精神品质，如常阴沙的艰苦创业、军民一心等精神，它承载着历史、文化乃至我们的文明，诠释了以伟大建党精神为源头的共产党人的精神。

如今的常阴沙农场早已不是早期档案记载中的模样，而是总面积达37.5平方千米、实现农工商一体化、科工贸一条龙的国有企业，现代、高效、科学是它最大的特征，也是它向迎难而上的初创者们交出的最好答卷。

回望历史，档案之路亦不平坦，几多浩劫损毁，几多整理存护，一代又一代档案工作者不懈不止，不离不弃，终在方寸小天地中书写出自己独特而不朽的传奇。而这一宏大的历史画卷如今正静静地躺在档案馆中，作为特殊载体，它真实承载了人类的记忆，使人们对历史的触摸陡然增加了真实感和厚重感。它是一条跨越了时空的纽带，承载着过往的荣辱、现时的图强和未来的憧憬。